U0035475

俄語能力檢定

模擬試題+攻略・第一級

張慶國／編著

前言

21世紀的台灣，大學的窄門已經大大敞開，高學歷日漸普及，企業選才的標準早就以證照為考量，學歷已不再是唯一標準，而在大學求學階段考取證照的學生越來越多，他們未來在就業市場更具競爭力。

根據近年來相關人力銀行所做的「企業聘僱社會新鮮人調查」，企業對於社會新鮮人的選才標準，第一點是社會新鮮人必須具備認真負責的態度；第二點是社會新鮮人應取得職務所需的專業相關證照，另外，有相當多的企業，會讓擁有證照的人優先面試。所以，我們可以說，證照在未來就業及企業選才上皆具有影響力。

在台灣，俄語從來就不是一個熱門的外語，但是自90年代初期台、俄雙方開始在經貿、文化、教育以及體育的往來頻繁，雙方政府互設代表處，關係逐漸密切，學習俄語漸漸受到重視。20世紀末、21世紀初俄羅斯經濟突飛猛進，台俄雙邊貿易額大增，台商到俄羅斯經商的人數漸多，俄語人才需求明顯增加。在現有三所大學中，即政治大學斯拉夫語文學系、中國文化大學俄國語文學系及淡江大學俄國語文學系，每年培養大約180名以俄語為專業的人才，雖然不是每位畢業生的工作與俄語相關，但是他們在各行各業默默地努力，為國家奉獻，值得肯定；而畢業後從事與俄語相關工作的人士，不管在政府單位或是民間企業，近年來的卓越表現，更是為各界所讚賞，也總算是為俄語學習者爭了一口氣。除了傳統的俄文系學生之外，近年來，在若干大學也開設俄語選修課程，另外對於俄語有興趣而自學之人士數量也逐年成長。為了要呈現並檢視學習成果，報考並取得俄語檢定證書自然是最公正、客觀的方式，而取得俄語檢定證書，對於在強化未來就業市場的競爭力，更有助益。

近年來，由於學校的很多政策，如大三出國、小班教學等優化學生學習的措施推波助瀾之下，很多學生已經不再以取得第一級證書為目標，而是要通過更高級的檢定考試，相對來說，報考俄國語文能力測驗並取得第一級檢定證書已經是每一個以俄語為專業學生最低的自我要求。另外，很多非俄文系修習俄語學分的在校生及自學者，對於報考俄國語文能力測驗也有很大的興趣，由於學習背景的不同，通過第二級檢定猶如是個遙不可及的夢想，所以，通過第一級的測驗幾乎是他們的終極目標。

俄國語文能力測驗的各級考試項目都是一樣的，共有5項科目，分別是「詞彙、語法」、「閱讀」、「聽力」、「寫作」及「口說」。依據俄羅斯聖彼得堡大學語言學系的「俄語暨文化學院」所設計的課程，學員程度從零開始，需接受全方位（全俄語環境）的俄語學習時數約為720小時，方能通過「一級」的考試，而對於以俄語為專業的學生來說，依照近年來的經驗，一般大多是3年級上學期的時候報考，也有少數是2年級下學期報考的學生，只要努力，大多可以順利通過考試。

俄國語文能力測驗的考試項目有5個，分別是「詞彙、語法」、「閱讀」、「聽力」、「寫作」及「口說」。對於以俄語為專業的學生來說，如果在3年級或4年級的時候報考，以當時的程度來考第一級，說難不難、說簡單也不簡單，例如，「詞彙、語法」與「閱讀」2科考試最簡單，要通過它們不是件難事，但是「寫作」與「口說」則對於程度相對較不足的學生來說，挑戰性較高，而對於非俄文系的自學者來說，要通過該科測驗，更需要多下功夫才行。有鑑於此，筆者為了幫助學習者能夠更有效的準備考試，特別採用俄羅斯國立莫斯科大學外國公民語測中心資料（http://gct.msu.ru/testirovanie/testirovanie-TRKI/），同時參考俄羅斯聖彼得堡「Златоуст」出版社發行，並由俄羅斯聯邦教育科學部外國公民俄語測驗專家委員會所推薦的模擬題本：「Типовой тест по русскому языку как иностранному. Первый сертификационный уровень. Общее владение. Второй вариант, 6-е издание, 2013, Москва – Санкт-Петербург, ЦМО МГУ – «Златоуст»」，經該出版社授權，針對每一個考試項目，用最淺顯易懂的文字說明，將所有題目做了最深刻且詳盡的解析，期望每位使用者看過後能夠一目了然、心領神會，透過模擬試題能掌握實際試題的出題及解題方式，進而在真正考試的時候，利用本書的解題技巧及方式，所有問題都迎刃而解，通過考試、取得證書。

本書依照該模擬試題的編排，就各科測驗，逐一分析、講解、提供解題技巧。除了基本的解題之外，更提供了一些補充資料，目地就是使閱讀者能夠掌握相關俄語知識、提升讀者俄語能力，至於在「寫作」及「口說」單元，更提供了多元化的解答範本，以供讀者參考，且可以讓程度不一的讀者有多元的思考，選擇適合自己程度的選項，筆者在此要特別感謝淡江大學俄國語文學系律可娃柳博芙（Любовь Алексеевна Рыкова）兼任講師以及中央廣播電台擔任俄語節目主持人，同時也是中國文化大學俄國語文學系兼任助理教授趙怡安小姐（Инна Игоревна Жаваева），感謝兩位同仁在「寫作」與「口說」兩個單元中提供了俄語答案校稿與修正的協助。

親愛的讀者們！不管您是不是以俄語為專業的學生，或是俄語自學者，只要您對俄語學習充滿熱誠、只要您對俄語檢定考試充滿信心，通過「一級」的俄語檢定考試絕對是件輕而易舉的事情，只要掌握解題技巧，證書保證到手。現在就讓我們來學習解題技巧吧。

編者
張慶國
台北
2015.7.30

目次

CONTENTS

俄國語文能力測驗簡介

（Тестирование по русскому языку как иностранному, ТРКИ）
（Test of Russian as a Foreign Language, TORFL）

俄國語文能力測驗TORFL（Test of Russian as a Foreign Language）自1998年開始實施，是俄羅斯聯邦教育科學部外國公民俄語測驗主辦中心為外國公民所舉辦的一項國際認證考試，也是外國學生進入俄羅斯各大學就讀之前必須參加的一項俄語能力檢定考試[1]。

俄羅斯目前共有60多所大學或語文中心為外國學生舉辦這項考試，國外也有47所以上大學由俄羅斯聯邦教育科學部外國公民俄語測驗主辦中心正式授權，在當地國家舉辦測驗。在台灣由中國文化大學與該中心簽約，於2005年首度引進並於當年12月舉辦了全國的「第一屆俄語能力測驗」。爾後政治大學亦舉辦過該項考試，深獲各界好評。淡江大學於2011年與俄羅斯國立聖彼得堡大學俄國語文能力測驗中心（The Russian Language and Culture Institute - RLCI）正式簽約，取得承辦考試之授權，並於同年舉辦「淡江大學2011第一屆俄國語文能力測驗」。目前常態性舉辦之國內學校為中國文化大學與淡江大學。

[1] 本簡介參考資料為：中國文化大學俄國語文學系網站http://torfl.pccu.edu.tw/，以及Типовой тест по русскому языку как иностранному. Первый сертификационный уровень. Общее владение. Второй вариант, 6-е издание, 2013, Москва – Санкт-Петербург, ЦМО МГУ – «Златоуст».

此項測驗共分六個等級：

初級（ТЭУ）：Тест по русскому языку как иностранному.
Элементарный уровень.

基礎級（ТБУ）：Тест по русскому языку как иностранному.
Базовый уровень.

第一級（ТРКИ-1）：Тест по русскому языку как иностранному.
Первый уровень. Общее владение.

第二級（ТРКИ-2）：Тест по русскому языку как иностранному.
Второй уровень. Общее владение

第三級（ТРКИ-3）：Тест по русскому языку как иностранному.
Третий уровень. Общее владение.

第四級（ТРКИ-1）：Тест по русскому языку как иностранному.
Четвёртый уровень. Общее владение。

學習者可依自己的程度參加不同的級數測驗，通過考試者由俄羅斯聯邦教育科學部外國公民俄國語文能力測驗主辦中心統一頒發國際認證的合格證書及成績單。之前若是參加過考試但是有未通過的科目（至多兩科）亦可參加重考，已經獲有證書的考生可以參加更高等級的測驗，檢測自己的俄語能力。

第一級測驗（ТРКИ-1）簡介

通過第一級測驗的考生足以證明了自己在社會生活及社會文化的範疇中具有基本的溝通能力。此外，擁有第一級的證書，考生可申請赴俄羅斯大學就讀，但是依照各專業不同，考生除了要通過本等級的測驗之外，或許還需要通過其它的專業俄語考試[1]。

第一級測驗共有5個項目：

項目一：詞彙、語法
項目二：閱讀
項目三：聽力
項目四：寫作
項目五：口說

項目一：詞彙、語法

考生必須具備基本的語法及詞彙能力，清楚明白標準的句型。依照測驗需求，符合第一級程度的考生必須具有2300個單詞的詞彙量。該測驗分4個部份，共有165題，題型為單選題（多選一）[2]。

項目二：閱讀

考生必須有能力讀懂內含特定訊息的寫實文章、帶有敘述及討論性質的文章，必須了解閱讀文章的內容、細節，以及作者對文章

[1] 第一級測驗參考資料為：俄羅斯人民友誼大學國際測驗中心http://www.testrf.ru/raspisanie/2010-01-14-09-33-13/21-i-

[2] 題型大多為單選題，偶有複選題。

內容所做的結論及評價。文章通常出自報紙、雜誌以及文學作品。測驗分3個部份，共有20題，題型為單選題（多選一）。

項目三：聽力

考生必須聽懂簡短的對話，從中掌握事實訊息，例如對話的主題、時間、對談人之間的關係、事物的特徵、目的、原因，另外在篇幅較大的對談中，要清楚明白對談人對於對事實陳述的態度、意見。測驗中並有獨白式的演說，劇情大多為聲明、新聞、社會文化類的訊息。測驗分2個部份，其中有3個獨白式演說及3個對話，共30題，題型為單選題（多選一）。

項目四：寫作

考生必須有能力根據題目規定之議題節錄所讀過文章的主要內容，或是以自己的話語重述已讀過文章之內容；另外一個題目是屬於創作類型，要寫一個可能是書信、明信片或其他類型的文章，且文章不得少於20個句子（100個單詞）。

項目五：口說

考生要有參與對話的能力，對口試老師的問題做正確地反應。題目範圍不拘，大多為日常生活的各種話題，考生要具備開始、持續及結束對話的能力。另外，考生要能夠在讀完一篇具有社會文化內涵的文章之後，組織一篇針對文章內容的敘述（演說）。測驗分4個部份，共有14題，題型為單選題（多選一）。一般來說，口試老師有2人：一人進行與考生口說測驗，另一人則記錄分數。

俄羅斯俄國語文能力測驗（ТРКИ）與歐洲語言檢定對照表[1]

歐洲語言檢定系統					
A1	A2	B1	B2	C1	C2
俄羅斯俄國語文能力測驗系統					
初級（ТЭУ）	基礎級（ТБУ）	第一級（ТРКИ-1）	第二級（ТРКИ-2）	第三級（ТРКИ-3）	第四級（ТРКИ-4）

[1] 請參閱：Типовой тест по русскому языку как иностранному. Первый сертификационный уровень. Общее владение. Второй вариант, 6-е издание, 2013, Москва – Санкт-Петербург, ЦМО МГУ – «Златоуст»，第6頁。

考生須知

概論

成功通過考試將獲頒第一級俄語能力檢定證書及成績單。第一級的俄語程度足以與俄語為母語之人士就一般社會生活、社會文化、專業學習等領域做基本的溝通，同時，第一級證書也是外國人進入俄羅斯大學就學的俄語能力門檻。

報考

在俄羅斯可於任何一間語言測驗中心報考，考試前一週必須完成報考程序。報考時必須填寫申請表，然後由考試中心核發准考證。證書及成績單亦由考試中心核發。

在台灣，目前由中國文化大學俄國語文學系及淡江大學俄國語文學系承辦考試，中國文化大學於每年12月舉辦測驗，而淡江大學則在每年的6月及12月分別舉辦不同級數的考試，對考生來說，舉辦的次數及時間是非常方便的。報考程序兩校大致相同，大約在考試舉行前2個月公告考試時間及報考方式，請考生逕自上網查閱相關訊息。

準備考試

準備考試相關資料可參閱「俄語考試大綱：第一級測驗 Программа по русскому языку. Первый сертификационный уровень. Общее владение.」。同時建議考生及早參閱測驗模擬考題，預先了解每一項考試的規則。

中國文化大學俄國語文學系及淡江大學俄國語文學系舉辦正式考試之前通常會舉行小型的模擬考試或是說明會，考生可報名參加，透過預先得知相關考試規則及測驗題型，以減緩考試當天的緊張情緒。

考試日程

檢定測驗通常為期兩天。在俄羅斯的語言測驗中心第一天通常安排「詞彙、語法」、「閱讀」及「聽力」考試，第二天則進行「寫作」與「口說」測驗。考試前10分鐘需要到考場報到，考試開始後若是遲到則喪失考試規則。

在台灣的考試通常也是規劃兩天進行，但是考試科目並沒有固定分配，端視舉辦考試單位的安排。值得一提的是，文化大學為紓解「口試」的人潮，通常會安排考生提前應考，非常有彈性，而淡江大學為服務考生，偶有「客製化」的考試日程安排，非常貼心。

依照考試規定，考生不得將俄語課本、收錄音機、照像機、筆記本、紙張攜入考場[1]。在考試之前一定要專心聆聽考場監試人員的考試說明，必要時可提問，但是在考試進行當中，則不得提問。考試時間結束，考生必須立即停止作答，並將試卷及答案卷交給監試人員。

考試總分及通過門檻

考試總分為675分，其中「詞彙、語法」測驗為165分、「閱讀」為140分、「聽力」為120分、「寫作」為80分、「口說」為170分。

依照得分本項檢定考試區分為2個等級：「**通過**」與「**不通過**」（請參閱下表）[2]。

[1] 通常具有上網及照相功能的智慧型手機也不得攜入考場。

[2] 請參閱：Типовой тест по русскому языку как иностранному. Первый сертификационный уровень. Общее владение. Второй вариант, 6-е издание, 2013, Москва – Санкт-Петербург, ЦМО МГУ – «Златоуст»，第9頁。

考試項目	得分	
	通過	不通過
「詞彙、語法」	109-165（66%-100%）	低於109（低於66%）
「閱讀」	92-140（66%-100%）	低於92（低於66%）
「聽力」	79-120（66%-100%）	低於79（低於66%）
「寫作」	53-80（66%-100%）	低於53（低於66%）
「口說」	112-170（66%-100%）	低於112（低於66%）

1. 各科考試得分高於或等於66%，即為通過；低於或等於65%，則為不通過。
2. 如有四科測驗高於或等於66%，只有一科低於或等於65%，但高於或等於60%，則整體考試成績視為通過。
3. 如有一科低於或等於59%（至多2科），在2年內可持成績單至國內、外任何一個語言測驗中心申請該科付費重考[1]。
4. 檢定考試證書有效期為2年[2]。

[1] 依據俄羅斯聯邦教育科學部外國公民俄語測驗主辦中心的規定，至多為一科未達標準，才可申請該科重考，但是在實務操作上，兩科未達標準亦可申請重考。

[2] 依照2015年3月份最新核發之證書已無效期之規定（請參閱附錄二）。

項目一：詞彙、語法

考試規則

本測驗共165題，作答時間為60分鐘。作答時禁止使用詞典。拿到試題卷及答案卷後，請將姓名填寫在答案卷上。
試題左邊為題目（第一、二題等），右邊是答案的選項，請選擇正確的答案，並將答案圈選於答案卷上。如果您認為答案是Б，那就在答案卷中相對題號的Б畫一個圓圈即可；如果您想更改答案，只需將答案畫一個圓圈就好，並將原來您認為是錯的選項打一個X即可。請勿在試題紙上作任何記號！

第一部分

請選一個正確的答案

1. Я ... Вас, молодой человек. Что у Вас болит?
2. Доктор, я плохо ... .
3. Здесь шумно, я не ... , что ты говоришь!
4. Утром я обязательно ... радио.

選項：(А) слушаю (Б) слышу

分析：選項 (А) слушаю的原形動詞為слушать，意思是「聽，聆聽」(to listen)，例如，Антон любит слушать классическую музыку. 安東喜歡聽古典音樂。另外，這個單詞也用在電話用語中：Алло, я Вас слушаю. 喂，請說。選項 (Б) слышу的原形動詞為слышать，意思是「聽到」(to hear)，例如，Я слышал, что завтра будет дождь. 我聽說明天會下雨；Я не слышал, что ты сказал. 我沒聽到你說甚麼。Я плохо слышу. 我聽得不清楚或是「聽力不好」之意：Иван Иванович уже старый дедушка. Он плохо слышит. 伊凡・伊凡諾維奇是個老爺爺，他聽力不好。

★ Я *слушаю* Вас, молодой человек. Что у Вас болит?
年輕人，請說吧，您那裡痛啊？

★ Доктор, я плохо *слышу*.
醫生啊，我（耳朵）聽不清楚。

★ Здесь шумно, я не *слышу*, что ты говоришь!
這裡好吵，我聽不到你在說甚麼！

★ Утром я обязательно *слушаю* радио.
我早晨一定要聽（收音機）廣播。

5. Л. Толстой писал, что все счастливые семьи ... друг на друга.
6. Возьми любой карандаш, они все ... .
7. Мы с Леной случайно купили ... сумки.
8. На фотографии братья очень ... .
選項：(А) одинаковые (Б) похожи

分析：選項 (А) одинаковые為形容詞的複數型式，單數為одинаковый，意思是「一模一樣的」。選項 (Б) похожи是形容詞短尾型式，形容詞本為похожий，短尾型式陽性為похож，陰性為похожа，複數為похожи，通常後接前置詞на ＋人第四格，表示某人長得像某人之意。

★ Л. Толстой писал, что все счастливые семьи *похожи* друг на друга.
托爾斯泰曾寫過，他說所有幸福的家庭都很相似。

★ Возьми любой карандаш, они все *одинаковые*.
隨便拿支鉛筆吧，它們都是一樣的。

★ Мы с Леной случайно купили *одинаковые сумки*.
我跟蓮娜碰巧買了一樣的包包。

★ На фотографии братья очень *похожи*.
在照片上兄弟們看起來非常相像。

9. Моя сестра не учится в школе, она ещё ... .
選項：(А) младшая (Б) молодая (В) маленькая

分析：選項 (А) младшая是形容詞младший的陰性型式，意思是「年紀較幼的」，例如младший брат是弟弟，младшая сестра是妹妹；另外補充старший為младший的反義詞，意思是「年紀較長的」，例如старший брат是哥哥，старшая сестра是姊姊。選項 (Б) молодая是形容詞молодой的陰性型式，意思是「年輕的」。選項 (В) маленькая是形容詞маленький的陰性型式，意思是「年紀小的、個頭小的」。

★ Моя сестра не учится в школе, она ещё *маленькая*.
我的妹妹年紀還小，還沒上小學。

10. Такого озера больше нигде нет, оно ... в мире.
選項：(А) редкое (Б) единственное (В) единое

分析：選項 (А) редкое是形容詞редкий的中性型式，意思是「稀有的」，例如，Это очень редкая книга. На Тайване их всего 3 штуки.這是非常稀有的書，在台灣只有3本。選項 (Б) единственное是形容詞единственный的中性型式，意思是「唯一的，獨一無二的」，例如Это его единственный сын.

這是他的獨生子。選項 (В) единое是形容詞единый的中性型式，意思是「共同的、聯合的」，例如единая карточка聯票（如悠遊卡）。

★ Такого озера больше нигде нет, оно *единственное* в мире.
那樣的湖泊全世界再也找不到了，它是獨一無二的。

11. Хлеб очень свежий, посмотри, какой он ... .
選項：(А) крепкий (Б) твёрдый (В) мягкий

分析：選項 (А) крепкий是形容詞，意思是「堅強的、強壯的；（飲料）濃烈的」，例如крепкое здоровье強壯的體魄；Отец любит крепкий кофе. 父親喜歡喝濃的咖啡。選項 (Б) твёрдый是形容詞，意思是「硬的、堅毅的」，例如твёрдый знак硬音符號，твёрдый человек堅強的人。選項 (В) мягкий是形容詞，意思是「軟的、溫柔的」，是твёрдый相反詞，例如мягкий знак軟音符號，мягкий характер溫柔的性情。

★ Хлеб очень свежий, посмотри, какой он *мягкий*.
麵包好新鮮，你看，它是多麼的軟啊！

12. Бабушка не пьёт очень ... чай.
選項：(А) крепкий (Б) сильный (В) твёрдый

分析：選項 (А) крепкий（如11題）。選項 (Б) сильный是形容詞，意思是「強壯的、堅毅的」，例如сильный человек強壯的人。選項 (В) твёрдый（如11題）。

★ Бабушка не пьёт очень *крепкий* чай.
奶奶不喝太濃的茶。

13. Мы поднялись ... .
選項：(А) наверх (Б) вниз (В) вверх

分析：選項 (А) наверх是副詞，意思是「往上」，表示移動的狀態，所以前面應當有表示移動動作的動詞。選項 (Б) вниз是副詞，意思是「往下」，也是表示移動的狀態。選項 (В) вверх是副詞，意思也是「往上」。注意：本題選項提供不當，因為選項 (А) 與 (В) 都適用，但題本的正確選項為 (А)。

★ Мы поднялись *наверх.*
我們往上爬。

14. Банк работает ... 9 часов.
選項：(А) во время (Б) от (В) с

分析：選項 (А) во время是片語，意思是「當...的時候」，後面名詞用第二格，例如 Отец погиб во время войны. 父親在戰爭中壯烈成仁。選項 (Б) от是前置詞，有「從、由、因為、防止」等等的意思，後面名詞用第二格，相關用法請讀者參考詞典。選項 (Б) с是前置詞，意思很多，後面接的格也不同，有「從＋二格、與＋五格」等等的意思，建議讀者逕行參考詞典。

★ Банк работает *с* 9 часов.
銀行9點開門（直譯：銀行從9點工作）。

15. Мы долго ходили ... музею.
選項：(А) по (Б) к (В) в

分析：選項 (А) по是前置詞，有「沿著、每逢、在…的範圍內＋三格、到＋四格」等等的意思，建議讀者參考詞典相關意義及用法。選項 (Б) к是前置詞，有「朝向、接近」等等的意思，後面名詞用第三格，建議讀者參考詞典。選項 (Б) в是前置詞，後面通常接第四格或第六格，分別表示移動中及靜止的意思，例如Я иду в компанию. 我去公司；Я в компании. 我在公司。

★ Мы долго ходили *по* музею.
我們在博物館逛了很久。

16. Отношение человека к природе – важная ... .
選項：(А) задача (Б) проблема (В) цель

分析：選項 (А) задача是陰性名詞，意思是「任務、宗旨；習題」，例如Решение экологической проблемы – это трудная задача. 解決環境（生態）問題是一項困難的任務。 選項 (Б) проблема也是陰性名詞，意思較廣，通常指的是「問題、難題」，但也有所謂「議題」的意思，例如На конференции все участники обсудили проблему экономики. 研討會的與會者討論了經濟方面的議題。選項 (В) цель是陰性名詞，意思是「目的、目標」，例如Наша цель – выучить эти стихи. 我們的目的是要學會這首詩。

★ Отношение человека к природе – важная *проблема.*
人類（如何）對待大自然是個重要的議題。

17. Я очень люблю фрукты, особенно ... .
選項：(А) виноград (Б) помидоры (В) картофель

分析：選項 (А) виноград是陽性名詞，意思是「葡萄」，是水果的一種。選項 (Б) помидоры是複數名詞，是「番茄」，但是要注意，番茄在俄國蔬果的歸類中是屬於蔬菜而不是水果，這個觀念我們只要注意一下即可。選項 (В) картофель是陽性名詞，意思是「馬鈴薯」，是蔬菜的一種。

★ Я очень люблю фрукты, особенно *виноград*.
我非常喜歡吃水果，尤其是葡萄。

18. Я не умею ... машину.
選項：(А) ездить (Б) возить (В) водить

分析：選項 (А) ездить是移動動詞，不定向，意思是「去」，例如，Мама в прошлом году ездила в Тайнань. 媽媽去年去了台南一趟。選項 (Б) возить是未完成體移動動詞，是「帶」的意思，後接第四格，例如Я вожу детей в садик каждый день. 我每天送小孩去幼兒園。選項 (В) водить是未完成體移動動詞，是「帶領、駕駛」的意思，例如Ты умеешь водить машину? 你會開車嗎？

★ Я не умею *водить* машину.
我不會開車。

19. Концерт ... 2 часа.
選項：(А) начинался (Б) продолжался (В) кончался

分析：選項 (А) начинался是動詞第三人稱、陽性、單數、過去式，原形動詞為начинаться，表示「開始」的意思。選項 (Б) продолжался也是動詞第三人稱、陽性、單數、過去式，原形動詞為продолжаться，表示「持續」之意。選項 (В) кончался語法型式與продолжался相同，原形動詞為кончаться，是「結束」的意思。(А) 與 (В) 後面加上時間表示在幾點開始、結束，必須加上前置詞в。另外值得注意的是，以上三個動詞後面如接原型動詞的話，則需用未完成體動詞。

★ Концерт *продолжался* 2 часа.
音樂會持續了2個小時。

20. После жаркого дня наконец ... вечер.
選項：(А) выступил (Б) поступил (В) наступил

分析：選項 (А) выступил是動詞第三人稱、陽性、單數、過去式，原形動詞為выступить，表示「演出、表演」的意思，例如Антон выступил на собрании вчера. 安東昨天在會議上發言。選項 (Б) поступил也是動詞第三人稱、陽性、單數、過去式，原形動詞為поступить，表示「進入、考進」，例如Маша поступила на филологический факультет в прошлом году. 瑪莎去年考取了語言學系。選項 (В) наступил的語法型式與поступил相同，原形動詞為наступить，是指「（時間、時節）來到、降臨」的意思，例如Зима наступила. 冬天來了。

★ После жаркого дня наконец *наступил* вечер.
熱了一整天之後，晚上終於到來了。
注意：наконец為副詞，是「終於」的意思。

21. Мы попросили Виктора Ивановича ... новые слова.
選項：(А) обсудить (Б) объяснить (В) рассказать

分析：選項 (А) обсудить是完成體動詞，意思是「討論」，請注意，動詞後面不加任何前置詞，而是直接加受詞第四格，例如Мы обсудили эту проблему. 我們討論了這個問題。選項 (Б) объяснить也是完成體動詞，意思是「解釋」，後面間接受詞加第三格、直接受詞加第四格，也是不加前置詞，例如Преподаватель объяснил нам, как правильно писать статью. 老師跟我們解釋了如何正確寫文章。Он объяснил причину, почему он не пришёл вчера. 他解釋了他昨天為什麼沒來的原因。選項 (В) рассказать語法形式與объяснить相同，是「講述、敘述」的意思，例如Иван рассказал нам, как он провёл лето в деревне. 伊凡跟我們敘述說他如何在鄉下度過夏天。

★ Мы попросили Виктора Ивановича *объяснить* новые слова.
我們請求維克多、伊凡諾維奇為我們解釋新的單詞。

22. Мне нравятся часы, которые ... на стене.
選項：(А) лежат (Б) стоят (В) висят

分析：選項 (А) лежат是動詞第三人稱、複數、現在式，原形動詞為лежать，意思是「躺著」，動詞後面加前置詞而後加第六格，例如Книги лежат на столе. 桌上有一些書。請注意，此處的動詞本身詞義喪失，只具有類似be動詞的功能。選項 (Б) стоят語法型式同前動詞，意思是「站立」，動詞後面加前置詞而後加第六格，例如Книги стоят на полке. 書在書架上。請注意，此處的動詞如前面лежать一般，詞義本身喪失，只具有類似be動詞的功能。選項 (В) висят，語法型式與上同，是「掛著」的意思，通常都是掛在牆上。例如，На стене висит картина известного русского художника. 牆上掛著一幅著名俄國畫家的畫作。

★ Мне нравятся часы, которые *висят* на стене.
我喜歡掛在牆上的時鐘。

23. Наташа ... квартиру весь день.
選項：(А) убирала (Б) собирала (В) собиралась

分析：選項 (А) убирала是及物動詞第三人稱、陰性、單數、過去式，原形動詞為убирать（未完成體），後面加第四格，表示「打掃、除去」的意思，例如Мама убирает квартиру каждый день. 媽媽每天打掃公寓。選項 (Б) собирала語法形式與убирала相同，原形動詞為собирать，意思是「收集」，例如Антон собирает марки уже 3 года. 安東收集郵票已經三年了。選項 (В) собиралась語法型式與убирала相同，原形動詞為собираться（未完成體），是「聚集；打算」的意思，用法為：聚集＋時間或地點；打算＋原形動詞，例如Мы собираемся в ресторане по субботам. 我們每個星期六在餐廳聚會；Я собираюсь поехать отдыхать в Россию. 我打算去俄國渡假。

★ Наташа *убирала* квартиру весь день.
娜塔莎整天在打掃公寓。

24. – Лена, ты пойдёшь в библиотеку?

– Нет, я люблю ... дома.

選項：(А) учиться (Б) изучать (В) заниматься

分析：選項 (А) учиться是動詞，通常後面不加受詞，而是加上表示地點或是時間的單詞，是「學習、唸書」的意思，例如Раньше отец учился в Москве. 父親以前在莫斯科求學。選項 (Б) изучать是原形動詞，意思是「學習、研究」，後面加受詞第四格，例如Все студенты серьёзно изучают русский язык. 所有的學生都非常認真地學習俄語。選項 (В) заниматься 也是原形動詞，是「從事…」的意思，後接第五格，例如заниматься спортом運動、заниматься физикой從事物理研究、研讀物理，但是如果之後不加受詞第五格的話，通常它的意思是「用功唸書」。

★ Я люблю *заниматься* дома.

全文翻譯：– 蓮娜，妳等下要去圖書館嗎？ – 不，我喜歡在家唸書。

25. Имея компьютер, я могу ... читать по-русски самостоятельно.

選項：(А) научиться (Б) изучить (В) выучить

分析：選項 (А) научиться是原形動詞，通常後面加原形動詞，是「學會」的意思，例如Антон научился плавать ещё в школе. 安東在中學時候就學會游泳了。選項 (Б) изучить是изучать的完成體原形動詞，意思是「學習、研究」，後面加受詞第四格。選項 (В) выучить是原形動詞，也是「學會」的意思，但是它與научиться不同的是它不接原形動詞，而是接受詞第四格，例如Я вчера вечером выучил новые слова. 我昨天晚上把新的單詞學會了。

★ Имея компьютер, я могу *научиться* читать по-русски самостоятельно.

有了電腦，我就可以靠自己學會用俄文來讀。

第二部分

請選一個正確的答案

26. Наша кошка всегда спит под ... .

選項：(А) кресло (Б) креслом (В) кресле

分析：前置詞под後面加名詞第五格，表示「在…之下」。

★ Наша кошка всегда спит под *креслом*.

我們的貓總是睡在椅子下。

27. Мы проехали мимо ... .

選項：(А) остановку (Б) остановки (В) остановке

分析：前置詞мимо後面加名詞第二格，表示「通過、從旁邊過」。

★ Мы проехали мимо *остановки*.

我們經過了站牌。

28. Сейчас в магазине перерыв до ... .

選項：(А) трёх часов (Б) трём часам (В) три часа

分析：前置詞до後面加名詞第二格，表示「…之前、直到」。

★ Сейчас в магазине перерыв до *трёх часов*.

現在商店休息到三點。

29. Антон не заметил ... и прошёл мимо.
選項：(А) нами (Б) нам (В) нас

分析：動詞заметить（未完成體為замечать）後面接名詞第四格，表示「注意到」。請注意，在俄語語法規則中，及物動詞之前若有小品詞не表示否定的話，動詞後面的受詞應為第二格，而在口語的形式規範，第四格也是被允許的，不算錯誤。

★ Антон не заметил *нас* и прошёл мимо.
安東沒有注意到我們就從旁邊走了過去。

30. У меня болит рука, завтра пойду ... .
選項：(А) к хирургу (Б) с хирургом (В) у хирурга

分析：動詞пойти 是移動動詞，後面接前置詞＋名詞（例外如домой, туда, сюда等，則無需加前置詞），表示「去」。本題意思是去看醫生，所以用前置詞к＋第三格。

★ У меня болит рука, завтра пойду *к хирургу.*
我的手臂痛，明天要去看（外科）醫生。

31. Я раньше никогда не встречал ...
32. Виктор рассказывал ... .
選項：(А) этот человек (Б) с этим человеком (В) об этом человеке (Г) этого человека

分析：動詞встречать為及物動詞，意思是「遇到、碰見」，後面無需加前置詞，直接接名詞第四格即可（本題因為否定的關係，應將第四格視為第二格）。動詞рассказывать意思是「敘述」，通常後面加前置詞о＋第六格。

★ Я раньше никогда не встречал *этого человека.*

我從前從來沒見過這個人。

★ Виктор рассказывал об *этом человеке.*

維克多敘述這個人的事情。

33. Сегодня по телевизору идёт ... .

34. Мой друг ведёт ... .

選項：(А) интересная передача (Б) интересную передачу
(В) интересной передачей (Г) интересной передачи

分析：33題句中缺乏主詞，所以應該選第一格的選項當主詞；至於34題則是需要第四格的選項來當及物動詞ведёт（原形動詞вести，這裡當「主持」解釋）的受詞。

★ Сегодня по телевизору идёт *интересная передача.*

今天有個有趣的電視節目。

★ Мой друг ведёт *интересную передачу.*

我的朋友主持一個有趣的節目。

35. Автор прочитал артистам ... .

36. Молодые артисты будут участвовать ... .

選項：(А) новая комедия (Б) новую комедию (В) с новой комедией (Г) в новой комедии

分析：動詞прочитать後面接人的話，人為間接受詞第三格，所以是артистам（演員，複數型式），接物則用第四格，所以應該選擇第四格的選項當直接受詞。動詞участвовать特別重要，重要的不是它的意思，而是它的用法，如果遇到它的動名詞型式участие，用法也跟動詞一樣，後面只能用前置詞в＋第六格！

★ Автор прочитал артистам *новую комедию*.
作者讀了一遍新的喜劇給演員們聽。

★ Молодые артисты будут участвовать *в новой комедии*.
年輕的演員們將會在新的喜劇中演出。

37. Мы поедем на экскурсию ... .
38. Проездные билеты можно получить ... .
選項：(А) у нашего преподавателя (Б) нашему преподавателю (В) наш преподаватель (Г) с нашим преподавателем

分析：選項 (В) 是第一格，在兩題中都不適用，先淘汰。按照句意，37題應是「跟老師一起去」，而38題則是「向老師取」的意思。

★ Мы поедем на экскурсию *с нашим преподавателем*.
我們將跟老師一起去參訪。

★ Проездные билеты можно получить *у нашего преподавателя*.
車票可以跟老師拿。

39. Я показала ... новые фотографии.
40. Мама научила ... хорошо готовить.
選項：(А) со старшей дочерью (Б) старшей дочери (В) старшая дочь (Г) старшую дочь

分析：動詞показать（未完成體為показывать）後面接人的話，人需用第三格，接物則是第四格，意思是「展示」。動詞научить（未完成體為учить）意思是「教、教會」，後面加人用第四格。

★ Я показала *старшей дочери* новые фотографии.

我給長女看新的照片。

★ Мама научила *старшую дочь* хорошо готовить.

媽媽教會長女作一手好菜。

41. Архангельск стоит на берегу ... .

42. Путешественники плыли по ... 2 дня.

選項：(А) Белым морем (Б) Белого моря (В) Белому морю (Г) Белом море

分析：41題需要第二格詞組來做為берегу的從屬關係，表示是「…的岸邊」。請注意，動詞стоит在此等於находится，千萬不能解釋為「站在、站著」。42題前置詞по後面加第三格，表示「在…範圍內」。請注意，動詞плыли的意思不只是「游泳」，還可當「航行」，在這裡，航行比游泳來得有邏輯些。

★ Архангельск стоит на берегу *Белого моря*.

阿爾汗格爾斯克城位於白海岸邊。

★ Путешественники плыли по *Белому морю* 2 дня.

旅行者在白海航行了兩天。

43. Я знаю, что ... очень много лет.

44. Давайте встретимся ... .

選項：(А) Русскому музею (Б) Русский музей (В) в Русском музее (Г) Русского музея

分析：43題複合句的後句為無人稱句，主體（非主詞）就是選項之一，在說明年紀、歲數的時候，主體用第三格。44題很簡單，動詞встретиться為「相約見面」的意思，所以只需加前置詞с＋名詞第五格。

★ Я знаю, что *Русскому музею* очень много лет.
我知道俄羅斯博物館的歷史很悠久。

★ Давайте встретимся *в Русском музее*.
我們約在俄羅斯博物館見面吧！

45. Давно здесь открылась ... ?
46. Я купил билеты ... .
選項：(А) о книжной выставке (Б) книжной выставки (В) книжная выставка (Г) на книжную выставку

分析：45題中缺主詞，所以要選一個是第一格的選項。46題關鍵在билеты「票，複數形式」，一般我們會認為之後用第二格來表示從屬關係，但是事實上卻需要用前置詞＋名詞第四格的形式，意義上的了解為「去…的票」，例如билеты в театр/кино劇票/電影票。

★ Давно здесь открылась *книжная выставка*?
書展在這裡開了很久了嗎？

★ Я купил билеты *на книжную выставку*.
我買了書展的票。

47. Марина познакомилась ... в гостях.
48. Потом она узнала и родителей ... .
選項：(А) с будущим мужем (Б) будущего мужа (В) будущему мужу (Г) будущий муж

分析：動詞познакомиться（未完成體為знакомиться）通常與前置詞с＋第五格連用，表示「與…認識、與…了解」，例如познакомиться с преподавателем跟老師認識，познакомиться с расписанием поездов了解一下火車時刻表。48題則是需要第二格詞組來做為родителей的從屬關係，表示是「未來丈夫的雙親」。

★ Марина познакомилась *с будущим мужем* в гостях.
瑪琳娜在作客的時候認識了未來的丈夫。

★ Потом она узнала и родителей *будущего мужа*.
之後她也認識了未來丈夫的父母親。

49. На соревнованиях победил ... .
50. Новый стадион понравился ... .
選項：(А) испанский спортсмен (Б) у испанского спортсмена
(В) испанским спортсменом (Г) испанскому спортсмену

分析：49題我們只看到了動詞победил（原形動詞為победить），它的語法形式為過去式、單數、陽性，並沒看到主詞，所以要選擇第一格當主詞的選項。動詞понравился（原形動詞為понравиться）的句型主體必須為第三格，所以要選一個第三格的選項當作本題的主體（切記，是主體，而非主詞），例如Мне нравится современная музыка. 我喜歡現代音樂，主體是Мне（我），而Мне非主詞。

★ На соревнованиях победил *испанский спортсмен*.
西班牙的運動員在比賽中獲勝。

★ Новый стадион понравился *испанскому спортсмену*.
新的體育館受到西班牙運動員的喜愛。

51. Я получил визу ... .

52. ... находится в центре Москвы.

選項：(А) английское посольство (Б) у английского посольства (В) английскому посольству (Г) в английском посольстве

分析：動詞получил（原形為получить）為及物動詞，後接第四格，依照句意我們必須選「在哪裡取得簽證的」。52題我們看到了動詞находится（原形動詞為находиться，意為「位於…」），但是缺少主詞，所以答案要選一個第一格的選項作為主詞。

★ Я получил визу *в английском посольстве*.
我在英國大使館取得簽證。

★ *Английское посольство* находится в центре Москвы.
英國大使館座落於莫斯科市中心。

53. Мы слушали новости ... .

54. Работа водителя автобуса требует ... .

選項：(А) большое внимание (Б) большого внимания (В) с большим вниманием (Г) о большом внимании

分析：在53句中主詞、動詞、受詞都有了，那缺乏甚麼呢？看看選項不難發現，我們應該選擇一個修飾動詞的詞組，而這詞組可充當副詞的角色，例如Мы с трудом закончили эту работу. 我們艱困地完成了這項工作，前置詞с＋名詞第五格來修飾動詞。動詞требует（原形動詞為требовать，意思是「要求、需要」）是個極為關鍵的角色，因為根據俄語語法，這個動詞後面應接第二格，而非第四格，但是我們有時候在口語表達中可以看到第四格的使用。

★ Мы слушали новости *с большим вниманием.*

我們很專心地聽新聞。

★ Работа водителя автобуса требует *большого внимания.*

司機的工作需要很專心。

55. Я обещала ... позвонить вечером.

56. Сегодня мне надо поговорить ... .

選項：(А) моя подруга (Б) мою подругу (В) моей подруге (Г) с моей подругой

分析：動詞обещала（動詞原形是обещать）是個非常重要且常用的動詞，是「承諾、答應」的意思，雖然詞義沒甚麼了不起，但是請一定要把它的用法記起來，也就是，它的後面接人第三格＋原形動詞（大多用完成體動詞，表示不久的將來要完成）。動詞поговорить後接前置詞с＋第五格，表示「與某人談話」。

★ Я обещала *моей подруге* позвонить вечером.

我答應朋友晚上打電話給她。

★ Сегодня мне надо поговорить *с моей подругой.*

我今天必須跟我的朋友談談。

注釋：подруга為陰性名詞，意思是「女性友人」，翻譯時除非必要，否則不一定要將其性別翻出來，以免拗口。

57. Виктор давно интересуется ... .

選項：(А) Древняя Греция (Б) Древнюю Грецию (В) Древней Грецией

分析：動詞интересуется（動詞原形是интересоваться）是個極為重要的動詞，是「對…有興趣」的意思，詞義雖然不是很特別，但是用法卻十分有趣，請一定要把它的用法記起來。這動詞的後面接第五格，例如：Я интересуюсь современной музыкой. 我對現代音樂有興趣。試比較：Меня интересует современная музыка. 雖然主詞變成современная музыка，但是兩個句子的意思一模一樣，都是我對音樂有興趣，切記！

★ Виктор давно интересуется *Древней Грецией*.
維克多很久之前就對古希臘有興趣。

58. Юра очень талантливый, он станет ... .
選項：(А) известным учёным (Б) известный учёный (В) известному учёному

分析：動詞станет（動詞原形是стать，完成體）是「成為」的意思，它也是個極為重要的動詞，因為不僅僅它的未完成體動詞有-ся，為становиться，是一對很特殊的動詞，另外，它的後面必須接第五格，必須特別記住。

★ Юра очень талантливый, он станет *известным учёным*.
尤拉非常有才華，他將會成為一位知名的學者。

59. Дай, пожалуйста, бутылку ... .
選項：(А) красное вино (Б) красного вина (В) красному вину

分析：依照句意只需選擇一個第二格的詞組來修飾бутылку，以做為從屬關係。

★ Дай, пожалуйста, бутылку *красного вина*.
請給我一瓶紅酒。

60. Антон каждый вечер водит ... гулять.

選項：(А) с младшим братом (Б) младшему брату (В) младшего брата

分析：動詞водит的原形動詞為водить，是一個不定向的移動動詞，其成對的定向動詞為вести，意思為「帶領、主持」等，後接直接受詞第四格。

★ Антон каждый вечер водит *младшего брата* гулять.

安東每天晚上帶弟弟去散步。

61. Антон отлично выполнил ... .

選項：(А) о трудном задании (Б) трудным заданием (В) трудное задание

分析：關鍵就在動詞выполнил（原形動詞為выполнить）！這個動詞後接第四格，做為直接受詞，意思為「實踐、完成」。

★ Антон отлично выполнил *трудное задание*.

安東極佳地完成了困難的作業。

62. Я пойду в спортзал ... .

選項：(А) воскресенье (Б) в воскресенье (В) воскресенью

分析：有時候一級的考試就是會出現連「初級 Элементарный」程度都稱不上的考題，本題就是一個好例子。「在」星期一到星期天某一天的用法，當然要加前置詞в＋第四格。

★ Я пойду в спортзал *в воскресенье*.

我星期天要去健身房。

63. Наташа попросила у подруги книгу ... .
選項：(А) 2 дня (Б) на 2 дня (В) за 2 дня

分析：一定數量的時間用法也是非常重要。例如選項(А) 2 дня沒有前置詞，表示做一個動作所使用了的時間：Я читал эту книгу уже 2 дня. 我這本書已經讀了兩天。請注意，這裡的動詞是未完成體，表示動作的持續。甚麼是на 2 дня呢？例如Антон взял у меня эту книгу на 2 дня. 安東向我借這本書要借兩天，我們可以以英文 for 2 days來嘗試理解。за 2 дня我們認為是比較容易理解的，例如Я прочитал эту книгу за 2 дня. 我用了（花了）兩天把這本書讀完。請注意，這裡的動詞是完成體，表示動作的完成，試與第一句比較。

★ Наташа попросила у подруги книгу *на 2 дня*.
娜塔莎向朋友借書要借兩天。

64. Дети поедут на экскурсию ... .
選項：(А) июнь (Б) с июня (В) в июне

分析：又是一個連初級程度都稱不上的考題。「在」一月到十二月的某一個月份，當然要加前置詞в＋第六格。試比較，星期一到星期日是用前置詞в＋第四格。

★ Дети поедут на экскурсию *в июне*.
孩子們將在六月去旅遊。

65. Борис начал работать 30 марта ... .
選項：(А) 1995-ого года (Б) в 1995-ом году (В) 1995-ый год

分析：雖然是一個連初級程度都稱不上的考題，但是學習者不妨測驗自己對於年代的發音是不是真正能掌握，另外，30 марта做為一個確切的時間（日子）點，學習者已經知道30要用第二格嗎？

★ Борис начал работать 30 марта *1995-ого года.*
巴立斯是在1995年3月30日開始工作。

66. Мы поедем путешествовать ... .
選項：(А) к будущей неделе (Б) будущая неделя (В) на будущей неделе

分析：本題依照句意是要選時間，表示「在下星期」的意思。特別注意，星期如果是靜止的狀況，前置詞要用на＋第六格。試比較：на прошлой неделе在上個星期與2 раза в неделю一個星期兩次：Я хожу в бассейн 2 раза в неделю. 我一個禮拜去游泳2次。

★ Мы поедем путешествовать *на будущей неделе*.
我們下星期出發去旅行。

67. Я не знаю, сколько ... в этом словаре.
選項：(А) слов (Б) слово (В) слова

分析：數量代詞сколько之後的用法：可數名詞用複數第二格，不可數名詞用單數第二格，單詞слово為可數名詞，故用複數。

★ Я не знаю, сколько *слов* в этом словаре.
我不知道在這本辭典中有多少單詞。

68. Выставка будет открыта 25 ... .
選項：(А) день (Б) дня (В) дней

分析：數詞之後的名詞應接第幾格呢？1後接單數第一格，2 – 4後接單數第二格，5（含以上）後接複數第二格。請注意，11 – 19也是用複數第二格，21之後的用法與個位數1 – 5相同，例如：1 день, 2 дня, 3 дня, 5 дней, 11 дней, 14 дней, 16 дней, 21 день, 22 дня, 33 дня, 44 дня, 55 дней等等。

★ Выставка будет открыта 25 *дней*.
展覽將展出25天。

69. Почему на столе только три ... ?
選項：(А) тарелка (Б) тарелки (В) тарелок

分析：如上題。

★ Почему на столе только три *тарелки*?
為什麼桌上只有三個盤子？

70. Получать письма от детей ... всегда приятно.
選項：(А) родители (Б) родителей (В) родителям

分析：依照句意及單詞приятно（愉悅、開心），我們可輕易判斷此題為無人稱句，所以主體（非主詞）需要用第三格。

★ Получать письма от детей *родителям* всегда приятно.
父母親總是很高興收到孩子寄來的信。

71. Нельзя бить ... .
選項：(А) животные (Б) животных (В) животным

分析：動詞бить為及物動詞，為「打」之意，後接名詞第四格。

★ Нельзя бить *животных*.
禁止打動物。

72. Марина приедет вместе ... .
選項：(А) с детьми (Б) к детям (В) детей

分析：副詞вместе是「一起」的意思，用法很單純，通常與前置詞с＋第五格連用。

★ Марина приедет вместе *с детьми*.
瑪琳娜將會帶著孩子們一起來。

73. Для работы мне нужны ... .
選項：(А) большие словари (Б) больших словарей (В) большим словарям

分析：形容詞短尾形式нужны，原字為нужный，短尾形式陽性為нужен、陰性為нужна、中性為нужно。用在無人稱句中，表示「需要」的意思，例如Мне нужны деньги. 我需要錢，Ты мне нужен. 我需要你，Мне нужна твоя помощь. 我需要你（妳）的幫忙，Мне нужно такси. 我需要計程車。請注意，不能將形容詞短尾中性形式與副詞нужно混淆，副詞нужно後通常接原形動詞：Нам нужно серьёзно заниматься. 我們必須用功唸書。

★ Для работы мне нужны *большие словари*.
我需要大的辭典來工作。

74. Хорошо, что ты уже послал ... .
選項：(А) новогодние поздравления (Б) новогодних поздравлений
(В) новогодним поздравлениям

分析：動詞послал的原形動詞為послать，為完成體動詞，未完成體動詞為посылать。該動詞後接人＋第三格、接物＋第四格，表示「寄給某人某物」。但是如果人用第四格的話，應理解為「派遣、派送」，例如Наша компания посылает своих сотрудников в московский филиал. 我們公司（固定）派遣員工到莫斯科的分公司。

★ Хорошо, что ты уже послал *новогодние поздравления*.
你已經把新年祝賀（信）寄出了，真好！

75. В праздники ... выступают артисты.
選項：(А) московские площади (Б) на московские площади
(В) на московских площадях

分析：主詞、動詞都有，也有修飾時間的в праздники，所以應該就是選修飾地點的選項了，因為是表示靜止的地方，所以用第六格。

★ В праздники на *московских площадях* выступают артисты.
在節慶的時候，藝人會在莫斯科市的各個廣場上表演。

76. Вадим уже давно изучает ... .
選項：(А) народные традиции (Б) народным традициям
(В) народных традиций

分析：動詞изучает（原形動詞為изучать）為及物動詞，後接受詞第四格。值得注意的是，在這題因為有副詞давно（「很久」的意思），所以該動詞宜理解為「研究」而非「學習」。

★ Вадим уже давно изучает *народные традиции*.
瓦金研究民俗傳統已經很長一段時間了。

77. Я ищу нужную информацию ... .
選項：(А) рекламные объявления (Б) из рекламных объявлений
(В) в рекламных объявлениях

分析：對我們來說，這題似乎是一題陷阱題，因為我們如果用中文翻譯的角度來考慮答案，或許我們就會掉入這個陷阱，並且馬上會選擇選項 (Б) ：從廣告中找資訊。很可惜，在俄語的使用習慣中，這是不對的。順便一提，動詞искать與найти後面都是接第四格，但是意義有別，分別為「尋找」與「找到」。

★ Я ищу нужную информацию *в рекламных объявлениях*.
我在廣告中尋找我需要的訊息。

第三部分

請選一個正確的答案

78. Конкурс имени Чайковского ... недавно.
選項：(А) начинается (Б) начался (В) начнётся

分析：看到意為「不久之前」的副詞недавно，我們就應該知道時態應選擇過去式：選項 (А) начинается為現在式，(Б) начался為過去式，(В) начнётся為未來式。試比較未完成體與完成體動詞：начинаться – начаться。請注意：начался的重音在最後音節，是一特例。

★ Конкурс имени Чайковского *начался* недавно.
柴可夫斯基音樂大賽才剛剛開始。

79. Я часто ... соседям новые журналы.
選項：(А) дам (Б) даю (В) дал

分析：看到頻率副詞часто，心中暗暗高興，因為頻率副詞表示過去或現在反覆發生的動作，所以動詞得用未完成體，所以：選項 (А) дам為完成體表達未來式，(Б) даю為現在式，(В) дал為完成體的過去式。試比較未完成體與完成體動詞：давать – дать。

★ Я часто *даю* соседям новые журналы.
我常把新的雜誌借給鄰居。

80. Брат попросил Артёма ... вечером.
選項：(А) позвонить (Б) позвонил (В) позвонит

分析：動詞попросил的原形動詞為попросить（未完成體為просить），意思是「請求」後面可接原形動詞。試比較兩組未完成體與完成體動詞：спрашивать, спросить「詢問」– просить, попросить「請求」。

★ Брат попросил Артёма *позвонить* вечером.

兄弟請阿爾炯打個電話給他。

注釋：брат就像brother一樣，不兄不弟，翻譯起來，真不符合中文使用方式，很頭痛。

81. Банк уже закрыт, я не успел ... деньги.
選項：(А) поменять (Б) поменяю (В) поменял

分析：有時候真的會覺得出題老師是不是對考生太好，真希望每一題都是這種題目啊！句中已有動詞успел（原形動詞為успеть，意為「來得及」），後面當然只能接原形動詞。倒是有個概念非常重要，我們一定要知道：動詞успевать（未完成體）- успеть（完成體）後面接的原形動詞只能是完成體形式，切記。

★ Банк уже закрыт, я не успел *поменять* деньги.

銀行已經關門了，我來不及換錢。

82. Кто-то позвонил, и Дима ... дверь.
選項：(А) откроет (Б) открыл (В) открывал

分析：本題的概念很簡單：兩個完成體動詞，表示這兩個動詞的動作按照先後次序發生，先有人позвонил，然後Дима開了門。選項 (А) откроет是完成體открыть的未來式，(Б) открыл完成體、過去式，(В) открывал為未完成體、過去式。

★ Кто-то позвонил, и Дима *открыл* дверь.
有人按門鈴，然後季馬開了門。

83. Я привыкла рано ... .
選項：(А) встаю (Б) вставала (В) вставать

分析：又是一題放水題。已經有動詞привыкла（原形動詞為完成體привыкнуть，未完成體為привыкать），所以後面再接動詞的話，當然是接原形動詞。

★ Я привыкла рано *вставать*.
我已經習慣早起。

84. Вы разрешите ... Марине цветы?
選項：(А) оставить (Б) оставите (В) оставлю

分析：仍舊是放水題。動詞разрешите（原形動詞為完成體разрешить，未完成體為разрешать），所以後面再接動詞的話，當然是接原形動詞。

★ Вы разрешите *оставить* Марине цветы?
您允許我將花留給瑪琳娜嗎？

85. Вчера Виктор ... , что скоро женится.
選項：(А) объявляет (Б) объявит (В) объявил

分析：重點在時間副詞表示「昨天」的вчера，自然所有問題都不是問題了：選項 (А) объявляет為現在式，(Б) объявит為未來式，(В) объявил為過去式。

★ Вчера Виктор *объявил*, что скоро женится.
昨天維克多宣布說他很快就要結婚了。

86. Андрей несколько дней думал о книге, ... недавно.
選項：(А) прочитанной (Б) прочитанную (В) прочитавший

分析：形動詞出現了！基本上一級的考題中，形動詞與副動詞出現的頻率很低，考生只要心平氣和面對，要記住形動詞的性、數、格必須與前一字符合。選項 (А) прочитанной為被動形動詞、過去式、陰性第二、三、五、六格，(Б) прочитанную亦為被動形動詞、過去式、陰性第四格，(В) прочитавший為主動形動詞、過去式、陽性第一格。前面о книге是第六格，所以選項為 (А)。

★ Андрей несколько дней думал о книге, *прочитанной* недавно.
安德烈有好幾天都想著他不久之前讀過的那本書。

87. Команда, ... игру с канадцами, стала чемпионом.
選項：(А) выигранная (Б) выигрывающая (В) выигравшая

分析：也是形動詞的考題。選項 (А) выигранная是被動形動詞、過去式、陰性第一格，(Б) выигрывающая為主動形動詞、現去式、陰性第一格，(В) выигравшая是主動形動詞、過去式、陰性第一格。前面команда（隊伍）是第一格，所以選項為(В)。

★ Команда, *выигравшая* игру с канадцами, стала чемпионом.
打敗加拿大人的隊伍成為了冠軍。

88. Я ... телефон фирмы и позвонил туда.
89. Виктор шёл по улице и не ... родного города.
90. По вечерам отец обязательно ... о школьных делах детей.
91. Он так и не ... , почему все засмеялись.
選項：(А) узнавал (Б) узнал

分析：又是未完成體動詞與完成體動詞的糾葛！考生千萬不要覺得未完成體動詞與完成體動詞有多麼的困難，或是多麼的難以理解，其實只要靜下心來，稍為分析一下，所有問題皆迎刃而解。

選項 (А) узнавал，未完成體動詞、過去式、第三人稱單數、陽性，它的原形動詞為узнавать，而選項 (Б) узнал就是其相對的完成體動詞，且在這裡的語法形式與選項 (А) 相同。

此處的完成體動詞與未完成體動詞的相異處就在於看看動作所強調的是「過程」或是「結果」，如果是「過程」則使用未完成體動詞，如果強調的是動作的「結果」，則應使用完成體動詞。

88題可清楚看到句子後半段還有一個完成體動詞позвонил，表示電話已經打了，而我們之前也談過，如果一個句子中有兩個完成體動詞，那麼這兩個動詞（動作）有其先後完成的次序，所以，應該事先「得知узнал」電話號碼，而後「打了電話позвонил」。89題與88題的差異在於，88題是兩個完成體動詞表示動作的先後完成，而89題的未完成體動詞шёл暗示了我們，如果句中有兩個未完成體動詞，那就表示，這兩個動作互為彼此的「背景」，在這裡，我們可以解釋為「一面走」，但是無法「認出」故鄉。「一面走」當然指的是一個動作的「持續性」，而走著走著竟也無法「持續性」地認出出生地，所以，選項也要選擇帶有強調「過程」的未完成體。90題的по вечерам「每天晚上」道盡了一切我們所要知道的原則：有重複、反覆的動作，應用未完成體動詞。91題可參照第88題。

★ Я *узнал* телефон фирмы и позвонил туда.
我得知了公司的電話號碼之後就打了個電話過去。

★ Виктор шёл по улице и не *узнавал* родного города.
維克多沿著街道走著，但是不認得自己的故鄉。

★ По вечерам отец обязательно *узнавал* о школьных делах детей.
父親每天晚上一定會問（要知道）孩子們在學校的事情。

★ Он так и не *узнал*, почему все засмеялись.
他終究還是不知道，為什麼每個人都笑了起來。

92. А где отец ... раньше?
93. Отец всегда много работал и почти никогда не ... .
94. После работы Олег ... и начал заниматься.
95. Я провёл неделю на море и хорошо ... .
選項：(А) отдыхал (Б) отдохнул

分析：本題為未完成體與完成體動詞 отдыхать – отдохнуть「休息、休憩、休閒」的對比。
請分析每個動作所代表的意義，是「過程」亦或是「結果」，如果是「過程」就使用未完成體動詞，如果強調的是動作的「結果」，則應使用完成體動詞。另外，每個句子應該都會有個單詞或詞組來暗示我們應如何選擇動詞，這個單詞或詞組通常是與頻率副詞有關，或是強調結果的副詞。

92題的副詞раньше說明了過去的長時間背景，所以選項應選擇未完成體動詞。93題的暗示更多了，前半句有副詞всегда與未完成體動詞работал，而後半句中有頻率副詞никогда，所以我們可以放心的選擇未完成體的選項。94題先看到後半句的語意，是用完成體動詞начал，表示過去的一個時間點當中已經完成的動作（「開始」），這又讓我們想起兩個完成體動詞動作按照先後次序完成的規則，所以自然是選擇完成體的選項。95題與94題的邏輯相同，都是兩個完成體動詞動作依照先後次序完成，而後半句中還有一個副詞хорошо來說明「結果」，更堅定了我們選擇完成體動詞的信念。

★ А где отец *отдыхал* раньше?
那麼父親以前都是在哪渡假的？

★ Отец всегда много работал и почти никогда не *отдыхал*.
父親以前總是勤奮地工作，幾乎從不休息的。

★ После работы Олег *отдохнул* и начал заниматься.
阿列格在工作之後稍事休息，然後開始唸書。

★ Я провёл неделю на море и хорошо *отдохнул*.
我在海邊度過了一週，身心都獲得了充分的休息。

96. Конечно, ты так и не ... в магазин!

97. Навстречу нам ... девушка с цветами.

98. Разговаривая по мобильному телефону, женщина ... к машине.

99. В детстве Люба часто ... в цирк.

選項：(А) шла (Б) ходила

分析：本題為 идти – ходить（「走、去」）定向動詞與不定向動詞的對比。

不帶前綴的定向動詞與不定向動詞的對比相較於完成體動詞與未完成體動詞的對比，有些相似，同樣也要考慮句中頻率副詞的出現與否，如果有頻率副詞，幾乎可以篤定選擇不定向動詞。另外，選擇定向或是不定向動詞的關鍵之一，就是必須清楚了解句意、時態、動作的方向等，就跟選擇完成體動詞與未完成體動詞一樣，句子通常會自己告訴我們應該怎麼選擇答案，因為都會有暗示的關鍵詞，例如句中出現「直行」的字眼，自然就應選擇定向動詞，如有表示反覆或重複動作的詞類，自然應選擇不定向動詞。

96題是一個很好的示範，學習者應把握機會，好好地學會這裡的用法。句中出現否定小品詞не，代表句中主角連去都沒去（誇張的說，連門都沒踏出去），此時，在俄語的使用習慣，一定要用不定向動詞。試想，如果用了定向動詞шла，是不是就表示主角已經出門，正往商店走去，只是還未抵達商店呢？97題的副詞навстречу（迎面而來）說明了動作的方向，應當很容易判斷，當然，如果剛好不會這個單詞，可能就很難選擇選項了。98題也是方向性的暗示，加上有個前置詞к的幫助，表示「往…方向」，自然選擇定向動詞。99題的頻率副詞часто讓我們大膽地選擇不定向體動詞的選項。

★ Конечно, ты так и не *ходила* в магазин!

不出我所料，妳果然沒去商店！

★ Навстречу нам *шла* девушка с цветами.

剛剛有一位拿著花的女孩迎面走來。

★ Разговаривая по мобильному телефону, женщина *шла* к машине.

剛剛有位婦人邊講著手機，邊往車走去。

★ В детстве Люба часто *ходила* в цирк.

柳芭小時候常去馬戲團。

100. Сегодня Антон ... раньше всех.

101. В трудный момент ... друг и всегда помогал мне.

102. Обычно папа ... с работы поздно.

103. Вчера я опоздал и ... в театр после начала спектакля.

選項：(А) пришёл (Б) приходил

分析：本題為 прийти – приходить（「來到」）定向動詞與不定向動詞的對比。

請注意，帶前綴的定向動詞與不定向動詞跟原本沒有前綴的動詞有了「本質」的改變：沒有前綴的動詞，無論是定向動詞或是不定向動詞，都是未完成體動詞。如果加上前綴，原來的定向動詞，例如идти變成了прийти之後，同時也變成了完成體動詞；而原來的不定向動詞ходить，變成了приходить之後，還是維持其未完成體動詞的角色。所以，這四個題目其實是在測驗我們完成體與未完成體動詞的概念，而非有前綴移動動詞的用法。

按照第100題的句意，раньше всех的意思是「比所有人都早」，自然是一種「結果」，選完成體。101題後半句的頻率副詞всегда與未完成體動詞помогал幫助了我們選擇未完成體動詞。第102題也是一樣，有個頻率副詞обычно，讓我們輕鬆選擇未完成體動詞的答案。第103題前半句完成體опоздал，說明了主角是先「遲到」，而後才「來到」劇院，兩個動作按照先後次序完成，答案非常明顯，應該要選擇完成體動詞。

★ Сегодня Антон *пришёл* раньше всех.

今天安東最早來。

★ В трудный момент *приходил* друг и всегда помогал мне.

在困難的時候，朋友總是來看我並且幫助我。

★ Обычно папа *приходил* с работы поздно.

通常父親下班回家都晚了。

★ Вчера я опоздал и *пришёл* в театр после начала спектакля.

昨天我遲到了，所以戲劇都開始了我才到劇院。

104. Вам надо было ... прямо.

105. Почему Вы решили ... завтра во Владимир?

106. Разве ты любишь ... на машине? Я не знал.

107. Не понимаю, зачем так часто ... на экскурсии.

選項：(А) ехать (Б) ездить

分析：本題為ехать – ездить（「去」）定向動詞與不定向動詞的對比。此對比與идти – ходить之對比相同，只是ехать – ездить是「乘車」的去，與ехать – ездить的「步行」略為不同。請參考96-99題的說明。

104題有прямо「筆直地」引導，所以應選擇定向動詞。第105題有во Владимир指示方向與時間завтра的敘述，所以也應選擇定向動詞。在106題句中，我們看到動詞любить就可放心選擇不定向的動詞選項。而在107題則是有頻率副詞часто幫我們選擇了不定向動詞。

★ Вам надо было *ехать* прямо.

您剛剛應該直行的。

★ Почему Вы решили *ехать* завтра во Владимир?

為甚麼您決定明天去弗拉基米爾市呢？

★ Разве ты любишь *ездить* на машине? Я не знал.

難道妳喜歡搭車兜風？我以前不知道啊。

★ Не понимаю, зачем так часто *ездить* на экскурсии.

我不明白為什麼要那麼常去旅遊。

108. Николай Петрович только вчера ... из Парижа.

109. Он еще никогда не ... в Москву зимой.

110. Он ... в Москву и сразу поехал в университет.

111. Николай Петрович не опоздал, так как самолёт ... точно по расписанию.

選項：(А) прилетал (Б) прилетел

分析：本題為прилетать – прилететь（「飛抵」）不定向動詞與定向動詞的對比。請參考100-103題的說明。

108題的方向指引非常清楚，說明了是「從巴黎」來的，而且有вчера的明確時間，所以應該選擇定向的完成體動詞。109題的頻率副詞никогда指示了動作的慣性行為，所以應該選擇不定向的未完成體動詞才對。110題合乎了兩個完成體動詞動作按照先後次序完成的規則，所以自然是選擇定向完成體的選項。而根據111題的句意，主角沒有遲到正是因為飛機準時抵達的原因，飛機已經抵達（完成體），所以是定向的動作。

★ Николай Петрович только вчера *прилетел* из Парижа.
尼古拉・彼得維奇昨天才從巴黎抵達。

★ Он еще никогда не *прилетал* в Москву зимой.
他從來沒在冬天來過莫斯科。

★ Он *прилетел* в Москву и сразу поехал в университет.
他飛抵莫斯科之後就馬上驅車前往大學。

★ Николай Петрович не опоздал, так как самолёт *прилетел* точно по расписанию.
尼古拉・彼得維奇沒有遲到，因為飛機準時依照班機時刻表抵達。

112. Завтра ... , пожалуйста, свою фотографию.

113. ... , пожалуйста, ещё один салат.

114. Никогда не ... свои книги в читальный зал.

115. По утрам ... свежие газеты директору.

選項：(А) приносите (Б) принесите

分析：本題為приносить – принести（「拿來」）不定向動詞與定向動詞的對比。請注意，兩個選項皆為動詞的命令式。

依照題目的性質，亦可參考100-103題的說明。112題有時間及方向的指引，分別是завтра（明天），以及「從家裡」之意，所以應該選擇定向的完成體動詞。113題與112題類似，指引了定向的動作，即從A點取沙拉過來，所以應該選擇定向的完成體動詞才合適。114題的句首頻率副詞加否定小品詞никогда не，告訴我們動作是反覆的慣性行為，是不定向動詞。115題與114題的句首都是反覆、重複的意思，по утрам意思為「每天早晨」，自然應選擇不定向之未完成體動詞。

★ Завтра *принесите*, пожалуйста, свою фотографию.

明天請帶自己的照片來。

★ *Принесите*, пожалуйста, ещё один салат.

請再拿一份沙拉來。

★ Никогда не *приносите* свои книги в читальный зал.

請不要把自己的書帶到閱覽室。

★ По утрам *приносите* свежие газеты директору.

請每天早晨給老闆當天的報紙。

116. Как быстро ... по небу облака!

117. Наташа сказала, что её дети хорошо ... .

118. Наши друзья любят путешествовать и часто ... на кораблях.

119. В этом году они ... на Север.

選項：(А) плывут (Б) плавают

分析：本題為плыть – плавать（「漂浮、游泳、航行」）定向動詞與不定向動詞的對比。請參考96-99題的說明，另外，值得一提的是，плавать除了是個不定向動詞之外，它本身代表的是一種技能，「會游泳」應該不僅僅是會從A點游到B點，從B點在再游回A點應該也是沒問題才對。

116題需要特別理解一點，我們抬起頭來看天空中的浮雲，它們的漂動方向是定向的、還是不定向的呢？當然是定向的！這點請讀者一定要注意。或許有人會說，突然來了一陣亂風，先吹東風、再吹西風，導致天空的雲亂飄，變成了不定向。但是，不管如何，雲在飄就是定向的。117題及是技能的表現，所以要選擇不定向動詞。118題有曾經出現過的動詞любить，表示「喜好」，所以要選擇不定向的動詞。119題的時間в этом году（今年）及方向性на Север（去北方）都有，所以當然要選定向動詞。

★ Как быстро *плывут* по небу облака!

雲飄的好快啊！

★ Наташа сказала, что её дети хорошо *плавают*.

娜塔莎說他的孩子們很會游泳。

★ Наши друзья любят путешествовать и часто *плавают* на кораблях.

我們的朋友喜歡旅行，所以他們常常搭乘遊輪。

★ В этом году они *плывут* на Север.
他們今年要航行到北方。

120. Сегодня я свободен, ... в парк!
選項：(А) пойдём (Б) придём (В) перейдём

分析：選項 (А) пойдём是命令式，意思為邀請某人一起參與某動作，例如Пойдём в ресторан, у меня сегодня день рождения! 一起去餐廳吃飯吧，我今天過生日。選項 (Б) придём 是прийти的第一人稱複數的變位，意指「來到」，例如Мы придём домой через час. 我們一個小時後將會回到家。(В) перейдём指的是「穿越」的意思，例如穿越馬路是перейти улицу。

★ Сегодня я свободен, *пойдём* в парк!
今天我有空，我們去公園吧！

121. ... завтра к нам в гости. Мы будем рады.
選項：(А) входите (Б) приходите (В) проходите

分析：三個選項都是命令式。選項 (А) входите 是「請進」的意思。(Б) приходите 是「請來」的意思，請人家來作客就是用這個詞。(В) проходите意思是「穿越、經過」之意，例如проходить лес穿越森林，проходить мимо經過，另外，我們請客人從門外進入到門內也是這麼說的，也就是「請進」：Проходите, пожалуйста!

★ *Приходите* завтра к нам в гости. Мы будем рады.
明天來我們家作客吧！我們會很高興。

122. Виктор в командировке и ещё не ... .
選項：(А) прилетит (Б) прилетал (В) прилетел

分析：這題是考時態，所以分析三個選項的時態就可輕易作答。選項 (А) прилетит原形動詞是прилететь，是定向的移動動詞加上前綴при- 表示抵達的意思，同時它本來未完成體的動詞性質隨著加上了前綴就變成了完成體動詞，所以прилетит是「將會抵達」的意思，是未來式。(Б) прилетал 是過去式，原形прилетать是未完成體動詞，表示反覆、重複的動作。(В) прилетел是прилететь的過去式，表示已經抵達或返回。

★ Виктор в командировке и ещё не *прилетел*.
維克多去出差還沒回來。

123. – Ты вернёшься из Парижа? – Через неделю ... .
選項：(А) поеду (Б) доеду (В) приеду

分析：這題是詞彙題，只要清楚三個選項的動詞意義就可輕易作答。選項 (А) поеду原形動詞是поехать，表示「出發去某處」的意思，是完成體動詞。(Б) доеду的原形動詞是доехать，也是完成體動詞，前綴до- 表示「抵達」之意，後面通常接前置詞до＋第二格。(В) приеду是完成體動詞приехать的第一人稱、單數的變位，表示將會抵達或返回。

★ – Ты вернёшься из Парижа? – Через неделю *приеду*.
– 你（妳）會從巴黎回來嗎？ - 我一個禮拜後回來。

124. Театр был недалеко. Вася ... до него за 10 минут.
選項：(А) дошёл (Б) вышел (В) ушёл

分析：這題也是詞彙題，三個選項的動詞有著不同的前綴，只要清楚掌握前綴的意義，就能答題。另外有關前置詞за的說明請參考第63題。選項 (А) дошёл原形動詞是дойти，前綴до- 表示「抵達、走到」之意，後面通知接前置詞до＋第二格。(Б) вышел的原形動詞是выйти，前綴вы- 表示「出去」之意。(В) ушёл原形動詞是уйти，前綴у- 也是表示「出去，離開」之意。那麼вы- 與у-兩者的明確差異在哪呢？вы- 是指從一個地方或空間短暫的「出去、離開」，而у- 也是從一個地方或空間「出去、離開」，但是指的是長時間的離開。請注意，這裡指的長時間離開只是一個相對性說法，並不是絕對的。試比較：

- Где Виктор? – Он *вышел*. - 維克多呢？ - 他出去了。

這裡的「出去了」指的是維克多出去一下，可能是去上廁所，可能是去抽根菸，可能是去處理一下事情等等短暫的離開，表示等下還會再回來。

- Где Виктор? – Он уже *ушёл*. - 維克多呢？ - 他已經走了。

這裡的「走了」指的是維克多已經不會再回到此處，或許是回家，或許去了某處，總之，至少今天是不會再回來了。又如：Виктор *уехал* в Россию учиться. 維克多去俄國唸書了（離開並前往俄國）。

★ Театр был недалеко. Вася *дошёл* до него за 10 минут.
劇院就在不遠的地方，華夏花了10分鐘走到了。

125. На какой вокзал ... ваш коллега?
選項：(А) доезжает (Б) заезжает (В) приезжает

分析：這題也是詞彙題，與前題的前綴重複，只有一個за- 需要分析。за- 指的是「順道到某處」，而且到某處停留時間為短暫的。例如По дороге домой я *зашёл* в магазин и купил хлеб. 回家途中我順道去商店買了麵包。

★ На какой вокзал *приезжает* ваш коллега?
你們的同事通常都搭車到哪個火車站？

126. Девочка испугалась и ... .
選項：(А) добежала (Б) убежала (В) прибежала

分析：бежать是「跑」的意思，在移動動詞的群組當中是屬於定向的動詞，加上了前綴之後，變成了完成體動詞（請參考有關移動動詞加上前綴之後其質量改變之說明）。至於本題的三個前綴在前幾題都已經有相關說明，只要把句意了解之後，相信做答將會很簡單。испугалась的原形動詞為испугаться（未完成體動詞為пугаться），為「受到驚嚇」之意。

★ Девочка испугалась и *убежала*.
小女孩受到驚嚇然後跑走了。

127. Следующая остановка «Площадь Гагарина». Вы ... ?
選項：(А) уходите (Б) выходите (В) подходите

分析：這題要特別記住俄語相關詞彙的用法。

三個前綴中我們還有под- 沒有解釋過。под- 或подо- 是「接近、靠近」的意思，通常後接前置詞к＋第三格，表示向某人或某物靠近。例如Не *подходите ко мне*, я простужен. 別靠近我，我感冒了。

請注意，詢問某人是否要下車時，雖然邏輯告訴我們說，下車應該是個定向動作，但是俄語使用習慣卻是要用不定向動詞，是用前綴вы- 加上不定向動詞ходить＝выходить，而不用定向動詞выйти。

★ Следующая остановка «Площадь Гагарина». Вы *выходите*?

下一站是《加加林廣場》站，您要下車嗎？

注解：在大眾運輸工具中，如果車廂人多，俄國人通常會問鄰人下站要不要下車，而不會硬擠出去。

128. Я должен ... дочери из Греции сувенир.

選項：(А) привезти (Б) отвезти (В) перевезти

分析：везти是「帶、運送」的意思，是定向動詞，相對的不定向動詞為возить。本題的前綴от- 有把某物從一個地方「帶走」之意，整個動詞отвезти就是「運開、運走」的意思，通常後接前置詞от＋第二格。пере- 有「反覆、穿越、調動、重新」等意思（建議學習者參考詞典），而перевезти就是「調運」的意思。

★ Я должен *привезти* дочери из Греции сувенир.

我應該從希臘帶紀念品給女兒。

第四部分

請選一個正確的答案

129. Ты видишь девушку, которой ... ?

130. Ты видишь девушку, которую ... ?

選項：(А) стоит у киоска (Б) мы вчера говорили (В) подарили цветы (Г) фотографируют

分析：這兩題是考關係代名詞который的用法，這種題目很簡單，只要分析一下由關係代名詞所帶領的句子中，關係代名詞所扮演的角色為何即可作答。當然，關係代名詞的變格是基本功夫，學習者必須掌握，以免搞混。

選項 (А) стоит у киоска是動詞第三人稱的單數形式，所以本句缺乏一個主詞，因此關係代名詞應為第一格的которая。(Б) мы вчера говорили主詞、動詞都有了，如果要加上人的話應該是о которой第六格。(В) подарили цветы為泛人稱句，故動詞為第三人稱複數形式，受詞為цветы，如需接人，則需用第三格которой。 (Г) фотографируют泛人稱句形式的動詞第三人稱複數，如果關係代名詞當受詞，則應用第四格которую。

★ Ты видишь девушку, которой *подарили* цветы?
妳看到有人送她花的那個女孩嗎？

★ Ты видишь девушку, которую *фотографируют*?
妳看到那個正在拍照的女孩嗎？

131. Вечером позвонили друзья, ... мы должны встретиться в парке.
132. Вечером позвонили друзья, ... мы купили сувениры.
選項：(А) которым (Б) с которыми (В) которых (Г) которые

分析：這兩題是也是考關係代名詞который的用法，跟前面兩題的差別在於這兩題是要選關係代名詞的變格。131的後句мы должны встретиться в парке中看到встретиться不由得心中暗暗地開心一下，因為我們已經知道встретиться通常後接前置詞с＋第五格，表示「與誰見面」，而這裡的關係代名詞是代表前面的名詞друзья。132題的後句мы купили сувениры有主詞、動詞、直接受詞，所以關係代名詞就是要扮演間接受詞的角色，用第三格。

★ Вечером позвонили друзья, с *которыми* мы должны встретиться в парке.
我們要跟晚上打過電話來的朋友們見面。
★ Вечером позвонили друзья, *которым* мы купили сувениры.
我們買了紀念品給晚上打過電話來的朋友們。

133. Я знаю, ... подарку Вы будете рады.
134. Я знаю, ... писателе вы говорите.
選項：(А) какое (Б) с каким (В) какому (Г) о каком

分析：這兩題單純考的是句意與詞彙。133題要特別注意形容詞短尾рады（陽性рад、陰性рада、複數рады），這個短尾形容詞後面通常接原形動詞，表示「高興」做某件事情，例如Я рад видеть Вас. 我高興見到您。但是也可以接名詞第三格，要特別記住，例如Я рад нашей встрече. 我高興見到你（妳）。第134題我們看到動詞говорить，所以自然想到говорить о ком, о чём表示「討論某人、某事」。

★ Я знаю, *какому* подарку Вы будете рады.

我知道您將會高興收到甚麼樣的禮物。

★ Я знаю, *о каком* писателе вы говорите.

我知道你們在談論哪一位作家。

135. Я не забыл, ... продукты вы заказали.

136. Олег хорошо понимает, ... людям можно верить.

選項：(А) какие (Б) каких (В) каким (Г) какими

分析：這兩題雖然考的是變格，但是題目中的暗示非常明顯。135題的受詞продукты（食物）是做為動詞заказали（點、訂購）的直接受詞，為第四格，所以前面修飾它的代名詞當然也是要用第四格。136題的動詞верить（相信）後接名詞第三格，所以люди要變為людям，而代名詞也是要用第三格。

★ Я не забыл, *какие* продукты вы заказали.

我沒忘記你們訂了什麼食物。

★ Олег хорошо понимает, *каким* людям можно верить.

阿列格非常了解，什麼樣的人可以相信。

137. Я не знаю, ... звонил Николай.

138. Да, я знаю, ... он ждал весь день.

選項：(А) о ком (Б) кто (В) кого (Г) кому

分析：這兩題考的是動詞後的使用方式。137題的動詞звонить後面接人＋第三格кому，如果打電話到某處則用前置詞＋第四格，例如Я сегодня *позвонил в компанию* Антона. 我今天打了個電話到安東的公司。138動詞ждать（等待）後接名詞第四格кого, что。

★ Я не знаю, *кому* звонил Николай.

我不知道尼古拉打了電話給誰。

★ Да, я знаю, *кого* он ждал весь день.

是的，我知道他一整天等的是誰。

139. Я не знаю, ... он обещал сделать.

140. Я не знаю, ... он был недоволен сегодня.

選項：(А) что (Б) чем (В) к чему (Г) о чём

分析：這兩題考的是動詞及形容詞短尾後的使用方式。139題的動詞сделать（或是未完成體делать）後接受詞第四格，表示「做甚麼」。140短尾形容詞недоволен（陰性недовольна、複數недовольны）後接名詞第五格кем, чем，表示「不滿意某人、不滿意某物」，需要特別注意。

★ Я не знаю, *что* он обещал сделать.

我不知道他答應要做些什麼。

★ Я не знаю, *чем* он был недоволен сегодня.

我不知道他今天是在不滿什麼。

141. Пабло не объяснил, ... он поехал в Россию.

142. Он хотел жить в городе, ... учился его отец.

選項：(А) куда (Б) где (В) как (Г) зачем

分析：了解句意，即可解答。選項 (А) куда 是指「到何處」，句中必定有一個表示「移動中」的動詞。(Б) где是一個表示「靜態」的疑問詞或連接詞，在句中出現則應有表示「靜態動作」的相關字詞。(В) как 的意思是「如何」，例如*Как* Вас зовут? 您貴姓大名？（直譯為：如何稱呼您？），又如：

Я не знаю, *как* учить их русскому языку. 我不知道*如何*教他們俄文。(Г) зачем為「為什麼」之意，例如Зачем ты приехал сюда? 你（妳）來做什麼？

★ Пабло не объяснил, *зачем* он поехал в Россию.
帕布羅並沒有解釋他為什麼去俄國。

★ Он хотел жить в городе, *где* учился его отец.
他想住在他父親過去求學的城市。

143. Лена пришла домой поздно, ... была в ресторане.
144. Борис был очень занят, ... он не пошёл в парк.
145. Дети долго гуляли, ... они очень хотели есть.
146. Я люблю плавать, ... всегда отдыхаю на море.
選項：(А) потому что (Б) поэтому

分析：這些題目是要我們分析句中的因果關係，了解句意之後，即可解答。選項 (А) потому что 是指「因為」之意，後接之句子應為表示解釋之意的「因」。(Б) поэтому是「所以」的意思，後接之句子應為表示「結果」之意。143題的Лена回家晚了，那是因為她上館子去了。144題的Борис因為很忙，所以沒去公園。145題的孩子們玩耍了好一段時間，肚子餓了，所以想吃東西。146題的我喜歡游泳，所以固定去海邊度假。

★ Лена пришла домой поздно, *потому что* была в ресторане.
蓮娜因為去餐廳吃飯，所以回家晚了。

★ Борис был очень занят, *поэтому* он не пошёл в парк.
巴利斯很忙，所以他沒去公園。

★ Дети долго гуляли, *поэтому* они очень хотели есть.
孩子們玩了很久，所以非常想吃東西。

★ Я люблю плавать, *поэтому* всегда отдыхаю на море.

我喜歡游泳，所以都會去海邊度假。

147. Я прочитал в газете, ... открылся новый музей.

148. Мы взяли такси, ... ехать на вокзал.

149. Оля купила овощи, ... сделать салат.

150. Мама попросила, ... мы вернулись в 10 часов.

選項：(А) что (Б) чтобы

分析：這些題目是要分析代名詞或連接詞что與連接詞 чтобы，並且要了解句意，方能解答。что做為連接詞，僅僅做為複合句中的連結橋樑，並無其他意思，例如Я не знаю, *что* завтра будет экзамен. 我不知道明天有個考試；что做為代名詞的話，則為「什麼」之意，例如Я не знаю, *что* он сказал. 我不知道他剛剛說了什麼。чтобы做為連接詞表示「目的」之意，例如Она приехала сюда, *чтобы* увидеть свою мать. 她為了看自己的母親而來到這裡。另外，чтобы 在俄語語法中有一點很重要，需要精準掌握：чтобы 前、後句中的主詞一致的話，чтобы 之後的動詞需用原形動詞；若是主詞不一致，чтобы 後句中的動詞需用過去式（如149與150題）。

★ Я прочитал в газете, *что* открылся новый музей.

我看到報紙報導說有個新的博物館開張了。

★ Мы взяли такси, *чтобы* ехать на вокзал.

我們搭計程車去火車站。

★ Оля купила овощи, *чтобы* сделать салат.

歐爾雅買了蔬菜做沙拉。

★ Мама попросила, *чтобы* мы вернулись в 10 часов.

媽媽要求我們在10點回家。

151. Иван приедет в субботу, ...

152. Он точно не знает, ... приехать.

153. Конечно, он позвонит, ...

154. Я не понял, ...отец снять квартиру.

選項：(А) если сможет (Б) сможет ли

分析：если在這裡為連接詞，連接從屬句，為一般的「假設」用法，例如Мы пойдём в парк, *если* будет хорошая погода. 如果天氣好的話，我們就去公園。ли是一個語氣詞，是一種「疑問語氣」的用法，通常放在ли前面的詞即為需要知道選項的關鍵詞，例如Я не знаю, хороший *ли* он студент. 我不知道他是否是一個好學生。

★ Иван приедет в субботу, *если сможет*.
如果可以的話，伊凡星期六會來。

★ Он точно не знает, *сможет ли* приехать.
他完全不確定是否能來。

★ Конечно, он позвонит, *если сможет*.
如果可以的話，他當然會打電話。

★ Я не понял, *сможет ли* отец снять квартиру.
我不瞭解父親有沒有能力租公寓。

155. Борис любит шахматы, ... мы нет.

選項：(А) а (Б) и (В) но

分析：做為連接詞а，它有「對比」的作用，通常解釋為「而、可是、卻是」，例如Маша учится в школе, *а* Антон уже студент. 瑪莎在念中學，而安東已經是個大學生了。и做為連接詞意思很廣，通常指的是「與、和、然後」等，例如

Мама пришла домой *и* приготовила ужин. 媽媽回到家，然後做好了晚餐。連接詞но是「但是、可是」的意思，例如Антон был в аудитории, *но* я не видел его. 安東剛剛在教室裡，但是我沒看到他。本題題目為Борис與мы兩方對比之意。

★ Борис любит шахматы, *а* мы нет.
巴利斯喜歡下棋，而我們不喜歡。

156. Мы поехали за город, ... пошёл дождь, и мы вернулись.
選項：(А) а (Б) и (В) но

分析：三者連接詞的比較請參考上題。按照句意「…是出城途中下起雨來，所以中途返回」，所以下雨是一件突發而不可抗拒的事情。

★ Мы поехали за город, *но* пошёл дождь, и мы вернулись.
我們出發去郊外，但是下起了雨，所以我們就折返。

157. Не знаю, какую кассету выбрать – с народной ... классической музыкой.
選項：(А) и (Б) но (В) или

分析：選項 (А) и 與 (Б) но連接詞的比較請參考上題。или為「或者、還是」有選擇之意的連接詞，例如Кто умнее – Антон *или* Иван? 誰比較聰明，是安東還是伊凡？

★ Не знаю, какую кассету выбрать – с народной *или* классической музыкой.
我不知道該選哪個錄音帶，民謠的還是古典音樂的。

158. Не понимаю, ... он поехал в Сибирь.
選項：(А) почему (Б) где (В) куда

分析：疑問副詞почему、где與куда分別是「為什麼」、「在哪兒」與「去哪兒」的意思。почему的意思明顯，是問原因之意，而где與куда的差異則是分別表示靜態與動態的意義，где句中應無表示移動的動詞，而куда句中則相反，應該接有表示移動動作的動詞。試比較：

Где ты учишься? 你（妳）在哪唸書？

Куда ты хочешь поехать учиться? 你（妳）想去哪唸書？

本題雖有поехал表示「出發」移動之意，但是後面有目的地Сибирь，所以問「去哪兒」並不符句意。

★ Не понимаю, *почему* он поехал в Сибирь.
我不明白，他為什麼去了西伯利亞。

159. Я совсем забыл, ... можно проехать отсюда в центр.
選項：(А) куда (Б) где (В) как

分析：選項 (А) куда 與 (Б) где的說明請參考上題，而как請參考141-142題的分析說明。

★ Я совсем забыл, *как* можно проехать отсюда в центр.
我完全忘了如何從這裡到市中心。

160. Когда я смотрю этот фильм, я ... свою школу.
選項：(А) вспоминаю (Б) вспоминал (В) вспомнил

分析：本題考時態。вспоминаю的原形動詞為вспоминать，為未完成體動詞，表「回憶起、回想起」，вспоминал為該動詞之第三人稱單數、過去式、陽性。而動詞вспомнил的原形動詞為вспомнить，是為вспоминать之完成體動詞。此處因為смотрю為未完成體現在式，故應選擇相對之選項。

★ Когда я смотрю этот фильм, я *вспоминаю* свою школу.
每當我看這部電影的時候，我總會回憶起自己的學校。

161. Когда мы с братом пришли домой, мы ... сок.
選項：(А) пьём (Б) выпили (В) выпьем

分析：本題也是考時態。пьём的原形動詞為пить，為未完成體動詞，表「喝、飲」之意，完成體動詞為выпить。此處又可參考兩個完成體動詞動作按照先後次序完成的規則，所以是「先回到家，而後喝果汁」。

★ Когда мы с братом пришли домой, мы *выпили* сок.
當我跟兄弟回到家之後，我們喝了果汁。

162. Маша ... , когда было 9 часов вечера.
選項：(А) уходит (Б) уйдёт (В) ушла

分析：本題也是考時態。因為句中有動詞было，所以我們可以判斷是過去發生的時間，故用過去式ушла。

★ Маша *ушла*, когда было 9 часов вечера.
瑪莎在晚上9點的時候離開的。

163. Я не смотрел вчера телевизор, ... был интересный фильм.
選項：(А) потому что (Б) так как (В) хотя

分析：本題是考詞彙。選項 (А) потому что 表示原因，例如Я не пошёл в университет, *потому что* я заболел. 我沒去上學，*因為*我生病了。(Б) так как 與потому что 意思一樣，也是表示事件發生的原因，例如Она не пошла в кино, *так как* она вдруг заболела. 她沒去看電影，*因為*她突然生病了。(В) хотя為連接詞，表示「儘管、雖然」之意，例如Маша вышла замуж за Петра, *хотя* она его не очень любит. *儘管*瑪莎不是非常愛彼得，她還是嫁給了他。

★ Я не смотрел вчера телевизор, *хотя* был интересный фильм.
儘管有部有趣的電影上演，我昨天還是沒看電視。

164. Надо рано вставать, ... много сделать.
選項：(А) чтобы (Б) если (В) тогда

分析：有關чтобы的說明，請參考147-150之分析。連接詞если為「如果」的意思，是連接兩個句子並表示一般假設之意，例如Я пойду с ней в кино, *если* она меня пригласит. 如果她邀請我的話，我就跟她去看電影。除了一般的假設句之外，если還可以做為與事實相反的假設（中文並無此句型），這個時候主句與從句皆需要有一個假設語氣詞бы，例如*Если бы* он заболел, он *бы* не мог закончить эту работу вовремя. 直譯是：如果他當初生病的話，他就不會如期完成這個工作，意思就是，他沒有生病，工作也如期完成了。 (В) тогда為副詞，是「當時、那麼」的意思。

★ Надо рано вставать, *чтобы* много сделать.

為了要完成多項事務，必須早起。

165. Конечно, мы будем очень рады, ... Вы придёте.

選項：(А) если бы (Б) если (В) хотя

分析：有關 (А) если бы 與 (Б) если 的說明，請參考上題。而хотя的用法則可參考163之分析說明。本句為一般假設句，故用если即可。

★ Конечно, мы будем очень рады, *если* Вы придёте.

如果您大駕光臨，我們當然會非常高興。

項目二：閱讀

考試規則

閱讀測驗有3篇文章，共20題選擇題，作答時間為50分鐘。作答時可以使用紙本詞典，有些考場也可以使用電子詞典，但是禁止攜帶智慧型手機。拿到試題卷及答案卷後，請將姓名填寫在答案卷上。
請選擇正確的答案，並將答案圈選於選項紙上。如果您認為答案是Б，那就在答案卷中相對題號的Б畫一個圓圈即可；如果您想更改答案，只需將答案畫一個圓圈就好，並將原來您認為是錯的選項打一個X即可。請勿在試題紙上作任何記號！

【解題分析】

對於合乎一級程度的學生來說，在50分鐘內看完3篇文章並且要完成20題選擇題是一件辛苦的事情，雖然時間很緊迫，但是應該可以勉強達成任務，同時，答對的比例應該也是高的，所以通過考試的機率也相對高，因為在20題之中只要答對14題（66%）就算通過考試，算一算有6題的答錯空間，還算寬裕。但是對於程度就差一點點、在通過邊緣的學員來說，要在有限的時間讀完3篇文章且答完20題，困難度是高的。所以，我們應該學會如何不用讀完文章也可以答題的技巧，輕鬆通過閱讀測驗，而對於程度較為符合一級程度的學員來說，在解題之後將會有更多時間檢查選項，達到更為週全的應考目的。

在提到解題的技巧之前，我們必須先談談一般閱讀測驗的「閱讀」重點。我們都知道，一篇文章不可能從開頭到結尾都是重點，重點的分佈應該是平均的、有邏輯的。例如，文章中的一個段落中，依據其段落的大小而有重點數量的不同，小段落的重點可能只有一個，甚至一個也沒有，而大的段落則也有兩個到數個重點，這是很自然的，當然也合乎邏輯。那麼我們如何知道重點在哪裡呢？重點要如何判斷呢？基本上我們必須記住以下的「關鍵詞」，如果段落中出現了以下的字詞或詞組，那麼就必須特別留意：

1. 數字
2. 專有名詞
3. 詞義強烈的詞
4. 表示「對比」、「語氣轉折」的連接詞

然而，在段落中如果沒有上述這些字詞的話，重點還是可能以其他形式出現在句中，只是我們要特別強調的是，如果在段落中，有上述的字詞出現時則要額外留意。以下就上述的四點分別敘述。

1. 數字。數字包括的範圍很廣，舉凡年代в 1886 году（在1886年）、數量550 книг（550本書）、年齡20 лет（20年、歲）等，都在數字的定義中。我們在段落中如果看到了數字，就一定要特別留意，一篇文章可能出現好幾次的數字，雖然並不是每一個數字都代表是一個考題，但是我們作答時卻要將這些數字先保留在腦海裡，千萬不得忽略。另外，數字有可能是以文字呈現，也要留意，例如，тысяча（1千）、полтора（1.5）、миллион（百萬）等。
2. 專有名詞。人名、地名皆屬專有名詞，例如，Иван（伊凡）、Москва（莫斯科）、Нева（涅瓦河）、Новый год（新年）、Александр III（亞歷山大三世）、Эрмитаж（冬宮博物館）、Азия（亞洲）等。

3. 詞義強烈的詞。這種詞類範圍也是很廣，如表示「非常」的副詞очень、самый＋形容詞原形或利用 –айший、-ейший表示形容詞最高級、один из лучших＋名詞第二格表示「最好之一」、конечно（當然）、только（只有、只是）等。
4. 表示「對比」、「語氣轉折」的連接詞。這些詞類在一級的程度上並不多，如果出現的話，一定要注意，例如но（但是）、однако（然而）。通常重點都在這些詞類出現之後的訊息：У него не было свободного времени, но он всё-таки пришёл на собрание.（他沒有空，但他終究還是出席了會議）。

再來，我們談談要如何**不需要閱讀全文就能作答的技巧**。我們整理了以下的基本策略，請學員好好地運用在考試中：

一、不要先讀文章本身，而是先讀完每一題的考題及答案選項。**迅速看過每一題考題及答案選項**之後，我們就已經有了大概的印象，並且知道文章內容的大意，心裡已經有個底，對於文章的重點幾乎已經全盤掌握。

二、接下來就是依據題目回到文章來找答案。我們根據題目的主詞或受詞、專有名詞或數詞、年代、詞義強烈的詞等等的「暗示」，回到文章中按圖索驥，相信一定都能順利找到答案，如此一來，就算不用讀文章本身，也能做答。我們要記得，閱讀考試的時間只有50分鐘，要讀完3篇文章真的不是那麼容易的，**千萬不要先讀文章**。

三、**切忌在文章中看到相同的詞或詞組就急著下決定**。難免在文章當中，相同的詞出現不只一次，我們一定要看清楚該詞或詞組出現的位置是否與我們要的答案相關、資訊是否吻合，千萬不能看到相同的詞就「見獵心喜」，以免誤判。

【特別叮嚀】

雖然本項考試考生是可以攜帶辭典入場的，但是我們衷心提醒考生，千萬不要帶辭典入考場，因為如果你帶了辭典，到時候你一定會很想查一些你不認識的單詞。但是，考試只有50分鐘，答題時間已經非常緊迫，絕對沒有時間查辭典的！所以，**誠心建議考生千萬不要在考試過程中查辭典**。切記！

以下我們就嘗試以上述的解題方式來個別分析下列三篇文章。

【第一篇】

ТЕКСТ 1

В центре Петербурга на площади Искусств находится всемирно известный Русский музей. Это один из крупнейших музеев русского искусства, которому в 1998 году исполнилось сто лет.

Музей занимает целый комплекс зданий, соединённых между собой. Главное из них – Михайловский дворец – считается одним из красивейших зданий Петербурга. Этот дворец принадлежал царской семье. Решение прекратить Михайловский дворец в музей принял царь Александр III. В 1898 году, уже после его смерти, царская семья выполнила его желание. В Михайловском дворце было открыто 37 залов, и первые посетители музея увидели коллекцию произведений русского искусства, собранную Александром III и его семьёй.

За прошедшие годы общая площадь музея увеличилась и составила 72000 квадратных метров. Значительно расширилась и коллекция музея. В неё вошли произведения, подаренные разными коллекционерами, а также работы, купленные музеем. Сейчас музей насчитывает 382000 произведений, отражающих тысячелетнюю историю отечественного искусства. Музею принадлежит одна из лучших коллекций гравюр и рисунков русских художников и крупнейшее в стране собрание скульптуры. Кроме того, здесь можно увидеть оригинальные произведения народного творчества.

Сегодня коллекция музея представляет собой своеобразную энциклопедию русского искусства, которой гордится не только Петербурга, но и вся Россия. И неудивительно, что каждый год музей посещает почти полтора миллиона посетителей из разных городов России и всего мира.

1. Русский музей был открыт ... .
   (А) Александром III
   (Б) царской семьёй
   (В) городскими властями Петербурга

2. Музей расположен ... .
   (А) только в Михайловском дворце
   (Б) в большом современном здании
   (В) в нескольких зданиях

3. В Государственном Русском музее собраны ... .
   (А) только произведения древнерусских мастеров
   (Б) только произведения, созданные за последние 100 лет
   (В) произведения искусства с глубокой древности до наших дней

4. В конце XIX века основную коллекцию музея составили произведения, ...
   (А) купленные музеем
   (Б) переданные царской семьёй
   (В) подаренные коллекционерами

5. В Русском музее находится самая большая в стране коллекция ... .

(А) русской скульптуры

(Б) русской живописи

(В) произведений народного творчества

6. В музее бывает ежегодно около ... человек.

(А) 1500000

(Б) 1000000

(В) 500000

我們記得，**要先看題目與答案選項，而不是先急著閱讀文章本身**。在這篇文章中共有6個題目，當我們快速的看過題目與答案選項之後，我們可以清楚掌握這篇文章的主角為何、探討的主題是甚麼。

第1題：俄羅斯博物館由 ______ 所開設（開張、創立等等翻譯都適合）。

(A) 亞歷山大三世

(Б) 沙皇家族

(B) 彼得堡當局（市政府）

第2題：博物館坐落於 ______。

(A) 只在米海伊羅夫斯基宮

(Б) 一棟現代的大建築裡

(B) 在若干的建築物中

第3題：國立俄羅斯博物館的館藏是 ______。

(A) 只有古俄羅斯時期的大師作品

(Б) 只有近百年來所創作的作品

(B) 從古至今的作品

第4題：19世紀末博物館的主要館藏為 ______。

(A) 博物館所購買的

(Б) 沙皇家族所轉贈的

(B) 收藏家所贈與的

第5題：俄羅斯博物館擁有國內最豐富的館藏是 ______。

(A) 俄羅斯雕刻品

(Б) 俄羅斯寫生畫作

(B) 人民的創造作品

第6題：每年大約 ______ 人造訪博物館。

(A) 150萬

(Б) 100萬

(В) 50萬

看完了6題的題目與答案選項之後，我們知道本篇的主角就是舉世聞名、坐落於俄羅斯聯邦聖彼得堡市的國立俄羅斯博物館。第1題問的是博物館由誰所開設或建立，而選項的選項有沙皇本人、沙皇的家族，以及彼得堡市政府，所以當我們回到文章找選項的時候，我們就應當特別注意，看看文章提到博物館建立的前後有沒有剛剛答案的選項，如果有，而且句意符合題目，那就可以大膽的選擇。所以，我們在文章中的第2段、第3行看到答案選項之一царской семье（因為前面動詞принадлежать的關係，所以答案的選項以第三格形式出現），但是仔細看本句就知道，本句並沒提到博物館的建立，而只是說明有一個名為Михайловский 的宮殿是屬於沙皇家族的，所以這裡的沙皇家族並不是選項。接著在第4行我們看到了沙皇本人Александр III，也看到了這句中有提到博物館，開心之際，還是要詳細推敲本句是否提到博物館的設立才行，結果，我們看到了亞歷山大三世決定（принял решение）要把米海伊羅夫斯基宮（Михайловский дворец）變為（превратить что во что）博物館，只是做了決定而已，並無實際執行，所以亞歷山大三世的這個選項也不是我們要的答案。繼續往下看，果然就看到了我們要的選項，最終我們還是要選沙皇家族啊，因為緊接著文章就告訴我們，在沙皇過世之後（после его смерти），他的家族實踐了他的願望（выполнила его желание = превратить дворец в музей）。到這裡，我們就可以大膽的選選項是 (Б) 沙皇家族，至於第3個答案的選項自然不值得我們浪費時間去找了。

第2題問博物館的地點。看完題目與答案選項，我們明白，所謂的地點並不是問博物館座落於哪一個城市，而是位於甚麼樣的建築裡。沒問題，按照一樣的邏輯，我們在文章中找答案吧。選項 (A) 只在米海伊羅夫斯基宮，還記得前面的叮嚀嗎？如果看到這種詞義強烈的詞 только（只）的時候，我們一定要特別注意。文章中首次出現米海伊羅夫斯基宮是在第2段的第2行，當句的意思是：它們其中最主要的建築就是米海伊羅夫斯基宮，它被認為是彼得堡最美的建築物之一。後半句文意完整，而前半句似乎就還有前言，因為米海伊羅夫斯基宮是它們中最主要的建築物，那麼誰才是「它們」呢？所以我們必須往前看看，看看完整的前後文，以免漏掉重要訊息。往前一看，似乎就看到了答案的選項，因為這句說：博物館佔據整個建築物群，棟棟相連。當然，這樣的直譯絕對不是最好的翻譯，所以稍經修飾，我們可翻譯為：博物館由數棟建築物組成，每棟建築物彼此相連，其中最主要的建築物就是米海伊羅夫斯基宮。至次，答案選項 (B) 在若干的建築物中，就是我們要的選項了。

第3題問的是館藏。從答案的選項中我們發現前2個選項都有詞意強烈的詞только，也就是說，他們表達了收藏作品的限制範圍：(A) 只有遠古時期俄羅斯的大師作品，或是 (Б) 只有近百年來所創作的作品，基本上這種選項好找，不管是選擇或是剔除，因為範圍明確，只要在文章中找到吻合的，那就肯定不會錯。因為問的是館藏，所以我們要找的是произведения（作品）或是 коллекция（收藏品）的字眼，當然，如果文章中出現跟題目一樣的單詞或是該單詞的派生詞，如 собраны（收藏），那就更該注意。一路看下來，我們在第3段的第2行看到了коллекция 一詞，經過了解，我們知道近年來（за прошедшие годы）博物館的總面積（общая площадь музея）增加了，達到7萬2千平方公尺，而館藏也大大地增加了（значительно расшилась），但是就是沒看到館藏本身為何，所以要加速繼續看下去。在下一行，也就是第3行，看到了我們想要的詞 произведения，開心之際，繼續追蹤發現，這些作品要不就是收藏家贈送的，要不就是博物館自己掏腰包買的，甚至連「關鍵詞」之一的數字都出現了（38萬2千件作品），但還是沒說館藏為何，直到數字之後，我們看到了一個形動詞отражающих（複數第二格，因為是跟著前面的 произведений，選項才露出了曙光，因為形動詞отражающих 後面接的正是館藏的屬性啊：тысячелетнюю история отечественного творчества（祖國的千年創作史），整句的翻譯就是：現在館藏共有38萬2千個反映祖國千年創作史的作品。都跟你說是千年歷史了，自然也就不是只有遠古時期俄羅斯的大師作品，或是只是近百年來所創作的作品，選項自然要選 (B) 從古至今的作品。

第4題也是問館藏，因為有時間範圍，所以一點都不難。題目問說：19世紀末博物館的主要館藏為何？簡單！就找19世紀末年，或是對等的年代就行了，然後看看當時的館藏為何。文章中出現第一個年代是1998年，在第1段第3行：在1998年博物館已滿百年了。1998年是20世紀末，跟19世紀無關，不理它。第二次出現年代是在第2段第4行：在1898年…，正是19世紀末，但是看完這句，竟沒看到館藏，很失望，因為要繼續看，得花些時間。下一句說到：在米海伊羅夫斯基宮開了37個展廳，首批的參觀者看到了俄羅斯藝術作品的館藏。關鍵詞「館藏」出現！所以緊接著就是選項了：亞力山大三世及他的家庭所收集的。所以在19世紀末，首批參觀者看到的館藏就是沙皇及沙皇家族所轉贈的，前後年代加一加、減一減之後發現，其實1898年也就是開館的第1年啊，因為前文提到1998年的時候曾經舉辦過開館百年的週年慶。

第5題還是問館藏，心裡不免嘀咕，覺得那有這麼多館藏可以考？不過還好，我們從題目看到了關鍵詞之一的「形容詞最高級」，所以等會就在文章中找相對的詞或詞組吧。剛剛第3題解決了38萬2千個反映祖國創作千年歷史作品的館藏，緊接著就是找最高級，而果真就看到了одна из лучших（最好之一），但是很可惜，結果不是最好，不是最高級，我們是要唯一國內最大的收藏啊（самая большая в стране коллекция）！再往下一點看看，看到詞組крупнейшее собрание в стране 簡直就是跟題目一模一樣的敘述，所以選項自然要選(A)俄羅斯雕刻品。

第6題問參觀人數，所以是跟數字有關。除了兩個年代之外，我們先前看過的數字有37個展廳、7萬2千平方公尺，以及38萬2千件作品。再來一眼望去，再也沒有數字了，怎麼會這樣呢？所以我們不要心急，因為數字有可能是隱藏在文字裡啊，這其實是很平常的事。記不記得剛剛的тысячелетнюю…，如果要以阿拉伯數字表現的話，這個單詞也可以硬寫成1000-летнюю，所以，現在要找以文字形式表現的數字。所以在最後一段的第3行我們看到了полтора миллиона，這就是了：150萬。但是如果考生不懂полтора（1.5）這個單詞，那就只能靠運氣用猜的了。

茲將全文翻譯，提供學員參考。

【翻譯】

舉世聞名的俄羅斯博物館座落於彼得堡市中心的藝術廣場。它是最具規模的俄羅斯藝術博物館之一，在1998年該博物館成立屆滿一世紀。

博物館由數棟建築物組成，每棟建築物彼此相連，其中最主要的建築物就是米海伊羅夫斯基宮，它被認為是彼得堡最美麗的建築物之一，過去為沙皇家族所擁有。亞歷山大三世決議將米海伊羅夫斯基宮變為博物館，但在1898年沙皇過世之後，沙皇的家族才實踐了沙皇的遺願。在米海伊羅夫斯基宮共有37個展廳，而首批的參觀者見到了亞歷山大三世及其家族所轉增給博物館的俄羅斯藝術作品館藏。

近年來，博物館的總面積增加，來到7萬2千平方公尺，博物館的館藏也大大地擴充，館藏包括眾多收藏家所贈與的，以及博物館自己購買的作品。現在博物館共有38萬2千件作品，而這些作品呈現了俄羅斯藝術的千年歷史。館藏當中有俄羅斯藝術家數一數二的版畫作品及畫作，以及國內最大的雕刻品收藏，此外，在館內可欣賞到民族創作的真跡。

今天，館藏代表的是不僅僅讓彼得堡而且是讓整個俄羅斯感到驕傲的一本與眾不同的百科全書。所以，很自然的，每年將近有150萬從俄羅斯各地及全世界到此造訪的民眾。

【第二篇】

ТЕКСТ 2

Замечательный русский учёный-химик Дмитрий Иванович Менделеев, имя которого сегодня известно каждому образованному человеку, родился 27 января 1834 года в Сибири, в городе Тобольске, в семье директора гимназии. Он был последним, семнадцатым, ребёнком Ивана Павловича и Марии Дмитриевны Менделеевых.

Вскоре после рождения сына Иван Павлович тяжело заболел, но продолжал работать. Через несколько лет, после того как он ушёл на пенсию, материальное положение семьи стало очень трудным. Говоря о детстве Д.И. Менделеева, нельзя не сказать об огромной роли матери в жизни будущего учёного. Мария Дмитриевна была умной, энергичной и очень способной женщиной. Не получив никакого образования, она самостоятельно прошла курс гимназии вместе со своими братьями. Её ум и обаяние были так велики, что в её доме любили собираться и государственные деятели, и учёные, жившие в Тобольске.

Оставшись во время болезни мужа почти без денег, с детьми на руках, Мария Дмитриевна переехала с семьёй в село недалеко от Тобольска, где у её старшего брата был небольшой завод. С согласия брата, жившего в Москве, она стала руководить работой завода. Дела пошли хорошо, и материальное положение семьи поправилось.

Через некоторое время семья Менделеевых вернулась в Тобольск, чтобы подготовить младшего сына Дмитрия к учёбе в гимназии. 1 августа 1841 года Дмитрий Менделеев успешно поступил в Тобольскую гимназию, но учился без всякого интереса и имел средние результаты почти по всем предметам. Только математика и физика нравились мальчику, и по этим дисциплинам учёба шла хорошо.

В 15 лет Дмитрий окончил гимназию. В это время умер его отец. Старшие сёстры тогда уже были замужем, а братья работали. С матерью оставались только младшие дети: дочь Лиза и сын Дмитрий. Мария Дмитриевна заметила способности сына к физике и математике и мечтала, чтобы он поступил в университет и получил хорошее образование. Но сделать это было непросто. Завод брата сгорел, а пенсия, которую получала семья, была небольшой. Тогда Мария Дмитриевна продала всё, что можно было, и летом 1849 года с сыном и дочерью навсегда покинула Сибирь. Она отправилась в Москву с надеждой, что её сын сможет поступить в Московский университет.

Пройдут годы, и свою первую научную работу Дмитрий Иванович Менделеев посвятит своей матери.

«Посвящается памяти моей матери Марии Дмитриевны Менделеевой. Вы – писал знаменитый учёный, - научили меня любить природу с её правдой, науку с её истиной, родину со всеми её богатствами и больше всего труд со всеми его горестями и радостями».

7. Содержанию текста более всего соответствует название ... .

(А) «Сибирский период жизни Д.И. Менделеева»

(Б) «Детство и юность Д.И. Менделеева»

(В) «Роль матери в судьбе Д.И. Менделеева»

8. Отец Д.И. Менделеева работал ... гимназии.

(А) директором

(Б) служащим

(В) преподавателем

9. Д.И. Менделеев был в семье ... ребёнком.

(А) вторым

(Б) младшим

(В) старшим

10. Семья Менделеевых испытывала серьёзные материальные трудности, потому что ... .

(А) Иван Павлович тяжело заболел

(Б) в семье было много детей

(В) Иван Павлович стал пенсионером

11. Семья Менделеевых стала жить материально лучше, после того как ... .

(А) переехала из Тобольска в село

(Б) Мария Дмитриевна начал управлять заводом брата

(В) брат Марии Дмитриевны купил себе небольшой завод

12. В гимназии Дмитрий Менделеев с удовольствием занимался ... .

(А) только физикой и математикой

(Б) всеми предметами, кроме физики и математики

(В) всеми предметами

13. Мария Дмитриевна мечтала, чтобы Дмитрий ... .

(А) успешно окончил гимназию

(Б) получил высшее образование

(В) стал учёным-химиком

14. Чтобы переехать в Москву, Мария Дмитриевна ... .

(А) продала завод, которым управляла

(Б) продала всё, что у неё было

(В) попросила денег у старших детей

15. Мария Дмитриевна переехала из Сибири в Москву, потому что ... .

(А) она хотела, чтобы Дмитрий поступил в Московский университет

(Б) там жили её старшие дети

(В) ей было трудно управлять заводом

16. Д.И. Менделеев посвятил свой первый научный труд матери, потому что ... .

(А) она активно помогала ему в этой работе

(Б) она попросила его об этом

(В) благодаря ей он стал учёным

本篇文章的題目較多，共10題。我們還是根據上篇的解題原則，要先看題目與答案的選項，而不是先急著閱讀文章本身，看完題目與答案選項之後，我們可以清楚掌握這篇文章的主角與探討的主題。

第7題：下列哪一個名稱最符合文章內容 ______。

(A)「迪・伊・門德烈夫在西伯利亞時期的生活」

(Б)「迪・伊・門德烈夫的兒童與青少年時期」

(B)「迪・伊・門德烈夫命運中母親的角色」

第8題：迪・伊・門德烈夫的父親在中學擔任 ______。

(A) 校長

(Б) 行政人員

(B) 老師

第9題：迪・伊・門德烈夫在家中排行 ______。

(A) 老二

(Б) 最小

(B) 最大

第10題：門德烈夫家庭遭遇嚴重的經濟困境是因為 ______。

(A) 伊凡・帕夫羅維奇生了重病

(Б) 家中孩子很多

(B) 伊凡・帕夫羅維奇退休了

第11題：門德烈夫家庭經濟環境好轉是在 ______ 之後。

(A) 從塔波爾斯克搬到小村莊

(Б) 瑪麗亞・德米特里耶芙娜開始管理兄弟的工廠

(B) 瑪麗亞・德米特里耶芙娜的兄弟買了個工廠

第12題：德米特里・門德烈夫在中學喜歡研習 ______。

(A) 只有物理及數學

(Б) 除了物理及數學之外的所有科目

(B) 所有的科目

第13題：瑪麗亞・德米特里耶芙娜希望德米特里 ______。

(A) 順利從中學畢業

(Б) 受到高等教育

(B) 成為一位化學家

第14題：為了要搬到莫斯科，瑪麗亞・德米特里耶芙娜 ______。

(A) 賣了曾經管理過的工廠

(Б) 賣了她曾經擁有的一切

(B) 向年紀較大的小孩們索取金錢

第15題：瑪麗亞・德米特里耶芙娜之所以要從西伯利亞搬到莫斯科，是因為 ______。

(A) 她希望德米特里能考取莫斯科大學

(Б) 她年紀較大的孩子們住在那裡

(B) 管理工廠對她來說是困難的

第16題：迪・伊・門德烈夫把第一篇的學術成果獻給了母親，是因為 ______。

(A) 母親在這個學術工作上很積極的幫助他

(Б) 母親要求他這麼做

(B) 歸功母親他才成為了一位學者

第7題的題目是在檢定考試中常常出現的一題，考的是我們明白不明白文章的主要內容為何。這種題目的解題技巧很簡單，我們通常建議兩種解題方式：

一、依照基本解題技巧，將所有題目與答案選項看過一遍，談論最多的細節當然就是本篇文章的主要內容。按此技巧，我們來算算看，該題提供的答案選項分別為「迪．伊．門德烈夫在西伯利亞時期的生活」、「迪．伊．門德烈夫的兒童與青少年時期」及「迪．伊．門德烈夫命運中母親的角色」，所以主角只有一個，而其相關的主題有三：西伯利亞生活、兒童與青少年時期、母親在其命運中所扮演的角色。除了本題之外，我們根據這三個主題，分析並歸納了其他題目的重點，然後得到以下結果（下方數字為題號）：

西伯利亞生活：10、11、12
兒童與青少年時期：10、11、12
母親在其命運中所扮演的角色：13、14、15、16

第8題與第9題的重點與第7題的答案選項無關，因為它們都是問家庭背景，與第7題的答案選項並無直接關係，所以我們將第8題與第9題排除在統計之列。而直接與第七題的答案選項相關的就屬「母親在其命運中所扮演的角色」最多（共計4題），所以我們可以大膽的選擇第3個選項。

二、還有一種適合此類型題目的解題方式，但是花費的時間較多，建議在全部做完本項考試的題目之後，如果還有剩餘時間，可以當作檢測本題的做法。這種做法就是必須回到文章本身，用很快的速度掃描過文章的每一段落，看看每一段落的重點為何，看看哪些單詞、詞組在每一段出現最多，那就是每一段的重點。基本上，我們可以歸類出每一段的重點：

第1段：門德烈夫出生
第2段：父親生病、退休、家庭經濟狀況惡化、母親是「神人」
第3段：搬家、母親管理工廠
第4段：回到故鄉、門德烈夫考上中學
第5段：母親希望門德烈夫受高等教育、母親變賣所有家當、搬到莫斯科
第6段：門德烈夫將第一個學術著作獻給母親
第7段：讚揚母親的教導

由以上的重點整理中我們可輕易看出，本篇文章對母親的描寫是佔大部分的篇幅，所以母親的角色自然要比其它的單項局部資訊來得重要的多，所以本題選項應選擇 (В)「迪・伊・門德烈夫命運中母親的角色」。

第8題是問父親的職業。這是簡單的俄語表示方法：работать кем，而我們也輕易的在第一段第二行及第三行找到類似的描述：родился ... в семье директора гимназии，所以選項選擇 (А) 校長。

第9題問的是門德烈夫在家中的排行。在第一段的出生背景訊息之後，緊接著就是選項：Он был последним, семнадцатым ребёнком（家中最後出生、第17個小孩），所以選項應選擇 (Б) 最小（的小孩）。

第10題問到門德烈夫家中經濟狀況惡化的原因。題目中的用詞為материальные трудности（物質上、經濟上的困難、困境），所

以要在原文中看看有無相關的單詞或詞組。在第二段的第二行我們發現了материальное положение семьи стало очень трудным，也就是與題目非常類似的敘述，所以我們可以確定選項應該就在附近，但是要注意，這題考生常常犯錯，容易掉入上述所謂「見獵心喜」的陷阱，因為在往前找選項的時候，常常誤認本段第一行的Иван Павлович тяжело заболел（伊凡・帕夫羅維奇生了重病）就是導致家庭經濟狀況惡化的原因，這雖然是非常合理的懷疑，但是文章中緊接著說明，雖然父親病重，但卻仍然持續工作，而是在若干年當他退休了之後，家中經濟狀況才開始變糟的。在這裡，考生一定要有耐心，不能因為看似合理的選項而誤選了，所以本題應選擇 (В) 伊凡，帕夫羅維奇退休了。

第11題跟第10題問的內容恰恰相反，是問家中的經濟情況如何好轉，所以我們還是要找到關鍵詞материальное положение 或是題目當中的жить материально лучше。剛剛是經濟環境變差，所以按照順序應該是繼續往下找，來到第三段的第四行我們看到了關鍵詞 материальное положение，緊接著是動詞поправилось （改善，правиться/поправиться），如果這個動詞看不懂的話，對做答當然會有影響，但是只要不要太緊張，相信還是可以順利解題，因為所有的文章敘述的一定是一個前因後果、富有邏輯的故事，絕對不可能是由前文不對後語、毫無因果關係的句子所組成的文章，所以我們看到這關鍵詞，雖然後面的動詞不了解，我們只要往前看看因果關係的元素就行：前面敘述著 дела шли хорошо, и ...（事情進行的順利，所以…），既然事情進行的是順利的，所以接續後面自然應該是正面的表述。這點確定之後就可以找經濟狀況變好的原因（選項）了。往前一看，原因就是母親開始掌管工廠（она стала руководить работой завода），應當選擇選項 (Б) 瑪麗亞、德米特里耶芙娜開始管理兄弟的工廠。руководить 與 управлять 為同義詞，值得背起來。

第12題問到門德烈夫中學的求學情形。問題中的詞組с удовольствием（樂意）是個簡單又好用的表達方式，相信是個一輩子也不會忘記的詞組。很快的眼睛繼續往下掃射，果然在第四段的第二行看到了中學（в гимназии）的字眼。第三行敘述著他在1841年進入中學就讀，而後成績平平，但是他特別喜好математика и физика（數學與物理），所以選項的только果真是個關鍵詞，跟在這個關鍵詞的後面敘述有可能是選項（就像這題），當然也有可能不是選項（上一篇文章的題目）。本題選項選擇 (A) 只有物理及數學。

第13題問的是門德烈夫母親的願望。在第五段的第三行我們首先找到了母親的名字，緊接著就是第一個動詞заметила（注意到），以及第二個動詞 мечтала, чтобы（希望、夢想），所以我們從句中得知母親希望門德烈夫能夠考上大學（поступил в университет），並且獲得良好的教育（получил хорошее образование）。題目的敘述及用詞幾乎與文章中的描述方式一樣，非常容易解答，所以我們應當選擇選項 (Б) 受到高等教育。

第14題的題目與搬家到莫斯科的條件有關。接續上題，門德烈夫的母親不僅僅希望兒子考上大學，而是要考上第五段最後一行的莫斯科大學（Московский университет），看到了關鍵詞（Московский университет = Москва）之後，我們趕緊接著上題的答案選項繼續往下看，大意是說：工廠燒掉了，而家裡拿到的退休金又不多，所以母親就把能賣的都賣了（продала всё, что можно было），然後在1849年的夏天永遠的離開了西伯利亞（навсегда покинула Сибирь）。順道一提，這裡有個很好的動詞值得學習：покидать / покинуть кого, что 是離開、拋棄之意。本題選項應選擇 (Б) 賣了她曾經擁有的一切。

第15題出得似乎不甚高明，問題的重點與前面的兩題有點重複了。大意是問母親之所以要從西伯利亞搬到莫斯科去的原因，從前兩題我們已經知道，他們是為了門德烈夫要考上莫斯科大學才搬家啊，所以選項當然是 (A) 她希望德米特里能考取莫斯科大學。

最後一題，第16提問說，為什麼門德烈夫要把他第一篇的學術著作獻給母親。從做答到現在，答案非常明顯，整篇文章大多是講述其母親為了家庭與他日後求學所做出的奉獻，所以當然是第三個選項 (B) 歸功母親他才成為一位學者。至於第一個與第二個選項其實是很荒謬，門德列夫是何許人，豈會讓母親幫他寫論文，而他的母親終其一生為了家庭奮鬥，不求名利，又怎會要求兒子將其榮耀加諸自身！我們只能說，出題者或許是已經腸枯思竭，想不出甚麼好題目了。請注意，表示原因的前置詞благодаря + кому, чему是為肯定之表述，結果一定是好的、正面的；反之，若要表達否定的、不好的結果，前置詞需用 из-за кого, чего。

茲將全文翻譯，提供考生參考。

【翻譯】

每一個受過教育的人都一定聽過偉大俄國化學家德米特里・伊凡諾維奇・門德列夫的名字。他於1834年1月27日出生在西伯利亞的塔波爾斯克城，父親為中學的校長。他是父親伊凡・帕夫羅維奇以及母親瑪麗亞・德米特里耶芙娜的第17個、也是最年幼的兒子。

伊凡・帕夫羅維奇在兒子出生不久之後就患了重病，但是他還是繼續地工作。幾年後他退休了，家庭的經濟狀況變得非常險峻。若要提到迪・伊・門德烈夫的童年，那就一定要說說母親在這個未來的學者生命中所扮演的重大角色。瑪麗亞・德米特里耶芙娜是一位聰明、有活力，並且非常有才華的婦女。她從未受過任何教育，但是她與自己的兄弟們獨立的完成中學的課程。因為她的聰明才智與魅力的關係，居住在塔波爾斯克城當地的政府官員、詩人及學者都喜歡到她的家中聚會。

在丈夫生病期間，家中幾乎沒有剩下任何錢財，於是瑪麗亞・德米特里耶芙娜舉家搬到離塔波爾斯克城不遠的一個小村莊，而在這村莊有一座她哥哥的小工廠。得到住在莫斯科的哥哥同意之後，她開始管理工廠。事務進行地很順利，於是家庭的經濟狀態也變得好起來了。

經過一段時間之後，為了要讓德米特里這個小兒子準備上中學，於是門德列夫一家人回到了塔波爾斯克城。1841年的8月1日德米特里・門德列夫順利地考取了塔波爾斯克城的中學，但是他對於學習並無太大的興趣，所以每科的成績都只是中等，他只喜歡數學與物理，所以這兩科的學習狀況很好。

德米特里15歲的時候中學畢業。此時他的父親過世了。他的姊姊們當時都已經出嫁，而哥哥們也都在工作了。跟母親相依為命的只剩下年紀較小的女兒麗莎，以及兒子德米特里。瑪麗亞・德米特里耶芙娜注意到兒子的物理及數學天份，所以她希望兒子能考上大學、受到好的教育。但是要實踐這願望並不容易。哥哥的工廠燒掉了，而家裡獲得的退休金也不多，於是瑪麗亞・德米特里耶芙娜變賣了所有的家當，然後在1849年帶著兒子與女兒永遠地離開了西伯利亞，她懷著希望前往莫斯科，期望她的兒子能考上莫斯科大學。

幾年過去了，德米特里・伊凡諾維奇・門德列夫將自己的第一篇學術著作獻給了母親。

這位著名的學者寫到：「獻給我的母親瑪麗亞・德米特里耶芙娜・門德列夫以表懷念，您教導我要敬愛大自然與大自然的真諦，您教導我要熱愛科學與科學的真理，您教導我要敬愛祖國與祖國的豐富資源，您特別教導我要熱愛勞動，以及熱愛勞動所有的甘與苦」。

ТЕКСТ 3

Байкал – древнейшее озеро на Земле: ему 20 – 25 миллионов лет. Глубина Байкала – 1620 метров. Таких глубоких озёр в мире больше нет. Когда Байкал спокоен, на глубине 40 метров видны разноцветные камни... Вода в нём пресная（несолёная）и очень холодная. Только в августе её температура поднимается до 15 градусов.

В народных песнях Байкал называют «славным морем». И это неудивительно. Его длину можно сравнить с расстоянием от Москвы до Петербурга（636 километров）, хотя в мире есть озёра, гораздо большие по площади.

336 рек несут свои воды в Байкал, и только одна Ангара берёт своё начало в озере и несёт свои воды в Енисей, крупнейшую реку Сибири. Байкал – уникальное создание природы. Известно, что в озере имеется 600 видов растений и 1200 видов животных, из них 75 % встречается только здесь, в Байкале.

Байкал – озеро-загадка. До сих пор учёные не могут понять, как появилась в Байкале рыба их северных морей. Непонятно, как и почему в Байкале сохранились рыбы и растения, которые исчезли в других озёрах и морях.

Но Байкал не только загадочное озеро. Это одно их самых красивых озёр нашей планеты. И неудивительно, что об этом прекрасном и загадочном озере рассказывают легенды. Вот одна из них.

Много дочерей было у старого Байкала. Но особенно он любил красавицу Ангару. И решил Байкал никому не отдавать в жёны свою любимую дочь. Но услышала Ангара о прекрасном и сильном Енисее и захотела уйти к нему. Рассердился отец и поставил на её пути высокие горы. Тогда все 336 сестёр Ангары помогли ей убежать к Енисею. Увидел это Байкал и бросил громадный камень, чтобы остановить её. Но Ангара убежала и нашла с Енисеем своё счастье. С того времени несёт свои воды в Енисей. А камень, который бросил Байкал, и сейчас стоит на том же месте.

17. Содержанию текста более всего соответствует название ... .
   (А) «Уникальное озеро»
   (Б) «Животный и растительный мир Байкала»
   (В) «Легенда о Байкале»

18. Байкал – необычное озеро, потому что оно самое ... .
   (А) холодное
   (Б) большое
   (В) глубокое

19. Особенность реки Ангары в том, что она ... .
   (А) впадает в Байкал
   (Б) берёт начало в водах Байкала
   (В) самая большая река в Сибири

20. В легенде рассказывается ... .

(А) об одиноком Байкале

(Б) о помощи Ангары Енисею

(В) о побеге Ангары к Енисею

本篇文章較短，相對的題目也較少，只有4題。很快地看完題目與答案的選項之後，我們已經知道本篇文章的主角為 Байкал（貝加爾湖），而且題目的答案很容易找，就讓我們來看看吧！

第17題：下列哪一個名稱最符合文章內容 ______ 。

(А)「獨一無二的湖泊」

(Б)「貝加爾湖的動、植物世界」

(В)「貝加爾湖的傳說」

第18題：貝加爾湖是一個奇特的湖泊，因為它是最 ______ 。

(А) 冷的

(Б) 大的

(В) 深的

第19題：安卡拉河的特點是 ______ 。

(А) 注入貝加爾湖

(Б) 自貝加爾湖發源

(В) 西伯利亞最大地河流

第20題：傳說的內容為 ______ 。

(А) 孤單的貝加爾

(Б) 安卡拉幫助葉尼塞的事情

(В) 安卡拉逃向葉尼塞的事情

第17題跟上一篇第7題的題目類型一樣，也是要我們選出最適合文章內容的標題。解題技巧是一樣的，我們就再次以上述的方法示範解題。

本篇文章各段大意為：

第1段：有關貝加爾湖的一些數據
第2段：貝加爾湖的長度
第3段：匯入貝加爾湖的河流、源頭是湖的河流、湖的動植物生態特色
第4段：貝加爾湖的動、植物生態奇特性
第5段：貝加爾湖的神祕與美麗
第6段：貝加爾湖的傳說

第17題的答案選項為：

獨一無二的湖泊：1、2、3、4、5
貝加爾湖的動、植物世界：3、4
貝加爾湖的傳說：6

由上面的統計看來，第17題的選項應選擇 (A)「獨一無二的湖泊」。

第18題我們看到了「最高級」самое ...。文章中我們看到的最高級就在第一段的第一行：древнейшее озеро（最古老的湖泊），但是題目中並無此選項，繼續往下看。順道一提，俄語中藉由 -айший, -ейший造成的形容詞最高級形式，其實並不一定就是真的最高級，常常只是一種說法罷了。接著我們看到了數字1620公尺，這是湖泊的深度（глубина），也真夠深了，下面一句的敘述

很重要，也就是選項，它說：「像那樣的湖泊在世界找不到第二座了」，也就是說，世界上沒有再要比被加爾湖還深的湖泊了。由此可見，本題的選項為 (B) 深的。

第19題是問安卡拉河（Ангара）的特點。在第三段第一行我們首次看到了Ангара這個專有名詞，所以我們必須了解當句的實際內容，它說：「336條河流注入貝加爾湖，只有一條安卡拉河是源自貝加爾湖，而後注入葉尼塞河…」。在這裡我們學到了河流的「注入」說法：нести свои воды в（Байкал），或是選項中的впадать / впасть в（Енисей）；而「源自」則為：брать своё начало в（Байкале）。所以本題選項為 (Б) 自貝加爾湖發源。

最後一題問的是貝加爾湖的傳說內容。選項出現在最後一段的第三行，大意是：「安卡拉聽說葉尼塞的英姿之後就想投奔到它的懷裡…，所有的336個姊妹們也幫助安卡拉逃跑，最終它成功地逃走並與葉尼塞找到人生的幸福…」，所以答案應選擇 (B) 安卡拉逃向葉尼塞的事情。選項的選項 (Б) 或許有些混淆，但我們只要清楚選項中名詞的格，自然能分辨其意思：о помощи Ангары Енисею，前置詞 о 後面為前置格（第六格），有關幫助的事情，Ангары是從屬格（第二格），形容前面的помощи，所以是安卡拉幫助的事情，那麼幫助誰呢？單詞Енисею我們可分辨出為受格（第三格），恰巧помощь（動詞помогать / помочь）後接第三格，所以整個選項的意思就是：安卡拉幫助葉尼塞的事情，與事實不符，自然不是選項。

茲將全文翻譯，提供考生參考。

【翻譯】

貝加爾湖大約有2千到2千5百萬年的歷史，是地球上非常古老的湖泊。貝加爾湖的深度為1620公尺，世界上再也找不到第二個那麼深的湖泊了。當貝加爾湖風平浪靜的時侯，在40公尺的深度可以看到各種不同顏色的石頭。貝加爾湖的水是淡水（非鹹水湖），且非常的冷，只有在8月份的時候湖水溫度可上升到達15度。

貝加爾湖在民謠裡被稱為「光榮之海」，而這並不值得大驚小怪。湖的長度可跟莫斯科到彼得堡的距離來做比較（636公里），然而世界上還是有面積比它大的多的湖泊。

有336條河流注入到貝加爾湖，而只有一條安卡拉河是源自貝加爾湖，而後注入到西伯利亞最大的葉尼塞河。貝加爾湖是大自然獨一無二的創作。眾所周知，湖內蘊藏了600種的植物以及1200種的動物，而這些物種的75%只有在貝加爾湖找得到。

貝加爾湖是個謎樣的湖。科學家到現在都還無法理解，北方海洋中的魚類怎麼會出現在貝加爾湖，同時也不明白，在其它湖泊或海洋絕跡的魚類及植物是如何及為什麼能在貝加爾湖存活下來。

貝加爾湖不僅僅是個謎樣的湖，它也是我們星球中最漂亮的湖泊之一。所以，有關這個既美麗又謎樣般的湖泊流傳著一些傳說，也就不足為奇了。以下就是一則傳說。

老貝加爾有許多的女兒，但是他特別喜歡俏麗的安卡拉，所以他決定不讓最心愛的女兒出嫁。但是有次安卡拉聽到有關又強壯又帥的葉尼塞一些事情之後，她就想離家去投向葉尼塞的懷抱。父親知道後很生氣，並且用了一些高山阻斷了安卡拉逃跑的路線，於是，所有安卡拉的336個姊妹幫助她逃跑去葉尼塞那兒。父親看到這景象，於是丟了一個大石來阻止安卡拉，但是，安卡拉還是逃跑了，並且與葉尼塞過著幸福的生活。此後，安卡拉河就注入葉尼塞河，而當初貝加爾丟的那個巨石還屹立在當初的地方呢。

項目三：聽力

考試規則

聽力測驗有3篇文章與3個對話，共計30題選擇題，作答時間為35分鐘。作答時禁止使用詞典。拿到試題卷及答案卷後，請將姓名填寫在答案卷上。
每篇文章與對話只會播放一次，聽完之後請選擇正確的答案，並將答案圈選於選項紙上。如果您認為答案是Б，那就在答案卷中相對題號的Б畫一個圓圈即可；如果您想更改答案，只需將答案畫一個圓圈就好，並將原來您認為是錯的選項打一個X即可。請勿在試題紙上作任何記號！

【解題分析】

如考試規則所述，每篇文章與對話只會播放一次，在實際的考試當中，所有的題目與答案選項也會播放，而在播放的同時，考生是看的到題目與答案選項的。這樣一來，考生就相對會比較容易答題，畢竟看的到題目與答案選項，心裡會踏實不少。

聽力測驗是一科非常不容易事前（試前）準備的科目，因為它不像其他科目有很多技巧可以運用，當聽力資料播放完畢，考生需要馬上反應並且作答，實在是比較困難，而且答案也很難猜。所以，聽力的養成需要靠平常多聽、多練習才行，臨時抱佛腳的效果非常有限。以下我們提供幾個自我訓練聽力實力養成的方法，不管是俄文系的學生或是自學俄語的考生都適用，希望對大家在聽力方面的訓練有幫助，並且可以順利通過考試。

一、強化語法觀念：我們應當都有一種經驗，就是在聽到俄語的時候，常常會不確定某個單詞的性、數、格，而造成了辨識內容的困擾。在一般俄國人的交談中，速度與說話習慣在很自然的情況之下進行，我們一定會有很多時候會聽不清楚某些單詞的，這是再正常不過的狀況。試想，當我們在用母語溝通的時候，除了少數人之外（例如播音員、相聲演員），一般給人的印象都是覺得所有的音節都是連在一起、甚至有些音節捨去不發音等等情形，俄國人說話時又何嘗不是！所以，聽不到很多單詞的詞尾是很正常的，但是此時，如果你的語法觀念正確的話，你並不會混淆句意，因為此時語法觀念協助了聽力能力不足的缺陷。老師每天要求學生背變格、變位，看似老掉牙，但其實是在幫助解決聽力問題的時候，這時候是不是覺得這是個很清新的觀念啊！

二、大聲朗誦文章：一般我們在學校學習俄語，老師在分析了單詞、語法等等的語言層面問題之後，就會請學生在家裡複習，甚至要背誦下來，把課文變成自己的東西、豐富學習內容。我們認為，背誦文章絕對是一件必要的事情，文章背起來了之後，以後在口說、語法運用、寫作上都有莫大的助益，非做不可。然而，絕大多數的學生，在家裡採用的方式是「默念」，也就是說，不會開口去朗誦文章，就算會開口，也不會大聲地唸。這樣非常可惜，因為大聲的朗誦文章，除了加強我們的背誦能力之外，對於聽力技巧的養成也是有相輔相成的效果。大聲的朗誦會增加我們對於文章的記憶力，同時除了對於自己的發音也可以做一番省視，之後對於單詞、句子的辨識能力亦會大大提高，所以，文章一定要大聲地朗誦。

三、多開口說俄語：一般我們都認為，多說俄語，口語能力才會進步，這是不變的道理，殊不知，多說俄語不僅能增加口語能力，對於聽力程度的提升也是有幫助的。當然，平常要多說俄語不是一件容易做到的事情，因為在台灣並沒有良好的口語訓練環境，一般在學校的口語訓練課程僅侷限於「俄語會話」的兩個小時，在其它的課程中很難再有開口機會，但是我們要自己找到機會自我訓練，例如不管上任何課的時候都用俄語表達、提問題，希望非以俄語為母語的老師也用俄語回答你的問題，甚至要求老師全程以俄語教學，讓聽俄語變成一種習慣。如果可以透過社群網站找到俄國朋友更好，透過網站或是實際與網友見面，多多練習聽力與口說能力。

四、聽廣播練聽力：聽力程度的養成一定要從基本做起，我們不能好高騖遠，一開始就逼自己聽內容很艱深的國際新聞是完全沒有必要的，我們應該慢慢地由非常簡單的一般日常會話、廣告等生活俄語進而提高內容的難度。在聽的時候，我們要把譯文寫出來，看看有沒有聽錯或是不合理（例如性、數、格不一致）之處，請老師或是俄國友人檢查譯文，驗證自己是否完全聽對資料的內容。

一級的聽力測驗有6大題，其中包括3篇文章以及3個對話。文章的型態通常是一篇較為生活化的短文、一篇有關俄國知名人物的介紹及一個俄國城市（機關、單位或博物館等）的介紹，第一篇較為生活化、難度不高，而後2篇因為資訊較多、層面較廣，所以相對的難度較高；而3個對話內容則是一個男生與一個女生對談方式進行，內容無所不包，但較為生活化，其中當然也包括以電話形式的對談，難度不高。以下就此模擬試題版本，分析並講解6個聽力題目，考生則可以在家反覆聽音檔（請來信索取info.torfl.tw@gmail.com），熟悉語調與節奏，自我練習並寫下譯文，相信對考生一定有所幫助。

【第一篇】

第1題到第5題：聆聽第1篇文章並回答問題。

ТЕКСТ 1

Мама! Ты помнишь Иру, мою подругу, которая жила у нас летом? Я получила от неё письмо. Послушай, что она пишет.

«Дорогая Лена! Извини, что я давно тебе не писала. Я была очень занята. Дело в том, что мы переезжали на новую квартиру. Это главная новость. Мы купили квартиру в другом районе. Это очень тихий и престижный район. Теперь мы живём рядом с метро. А кроме того, институт, в котором я учусь, находится не очень далеко от нашего дома. Теперь я дохожу до института за 10 минут, а раньше приходилось ездить на метро и на автобусе. Мы все очень рады, что переехали на новую квартиру, и только мой брат Костя не хотел ехать сюда, потому что теперь он должен будет ходить в другую школу, а его школьные друзья остались в старом районе. Мы все его успокаиваем. Костя такой весёлый и общительный, поэтому у него и здесь скоро появятся друзья. А со старыми друзьями он тоже может часто встречаться.

У нас сейчас много дел. Мы хотим купить новую мебель, и тогда я приглашу тебя в гости. Если ты приедешь к нам на каникулы, мы с тобой будем гулять по Москве, ходить в театр, на дискотеку.

Передай привет маме. Я часто вспоминаю, как летом я отдыхала на юге и жила у вас дома, как мы ходили на море купаться.

Как дела у тебя? Пиши.

Твоя Ира».

第1題到第5題：回答問題時間至多5分鐘。

1. Ира написала письмо своей ... .
   (А) маме
   (Б) подруге
   (В) сестре

2. Теперь Ира на занятия ... .
   (А) ходит пешком
   (Б) ездит на метро
   (В) ездить на автобусе

3. Брат Иры учится ... .
   (А) в институте
   (Б) в университете
   (В) в школе

4. Костя хотел ... .
   (А) учиться в старой школе
   (Б) поехать летом на море
   (В) переехать на новую квартиру

5. Ира хочет пригласить к себе Лену, когда ... .

(А) купит новую квартиру

(Б) купит новую мебель

(В) перейдёт в другой институт

本篇是一封朋友之間的書信，大意是描述一位朋友（主角Ира）的近況，最近搬了新家，新家離大學很近、很方便，而主角的弟弟因為不想與中學的同學分開而感到難過。主角提到，搬了新家之後生活很忙碌，待他們添購了新傢俱之後再邀請朋友到家中做客。以下將全文翻譯提供考生參考。

【翻譯】

媽，妳記得夏天住在我們家我的朋友易拉嗎？我收到她寄來給我的一封信。妳聽聽看她寫了些甚麼。

「親愛的蓮娜，真抱歉我很久沒給妳寫信了，我前一陣子很忙，因為我們都在忙著搬新家，這是主要的消息。我們在其他的地區買了間公寓，區域很安靜、名聲又好，現在我們就住在地鐵附近，此外，我的專校也離我們家很近，現在我只要走10分鐘就可以到學校了，而以前還要先坐地鐵再換公車。我們家所有人都很高興搬了新家，只有我的弟弟過斯嘉不願意搬過來，因為他現在必須要讀另一間中學，而他的同學都留在原來的地區。我們所有的人都安慰他。過斯嘉是個活潑、擅於交際的男孩，所以他在這裡很快就會交到新朋友的，而跟以前的朋友還是可以常常見面的。

我們現在好忙，我們想買新的傢俱，買了之後我要請妳來做客。如果妳要到我們家來度假的話，我會帶妳在莫斯科到處逛逛、去看戲、去跳舞。

幫我跟妳的媽媽問好。我常常回想我夏天在南部度假住在你們家的時光，以及在海邊戲水的情景。

妳都好嗎？請寫信給我。

易拉」

第1題：易拉寫信給自己的 ______ 。

(A) 媽媽

(Б) 朋友

(B) 姊妹

第2題：易拉現在 ______ 去上學。

(A) 走路

(Б) 搭地鐵

(B) 搭公車

第3題：易拉的弟弟在 ______ 唸書。

(A) 專科學校

(Б) 大學

(B) 中學

第4題：過斯嘉想要 ______ 。

(A) 在原來的學校唸書

(Б) 夏天去海邊

(B) 搬新家

第5題：______ 之後，易拉想要邀請蓮娜來做客。

(A) 買新公寓

(Б) 買新傢俱

(B) 轉學到其他專科學校

第1題 - 第5題答案：БАВАБ

【第二篇】

第6題到第10題：聆聽第2篇文章並回答問題。該文章為講述安・帕・契科夫生平一些事蹟的演說片段。

ТЕКСТ 2

Мы все хорошо знаем Антона Павловича Чехова как писателя. Знаем также, что он был хорошим врачом. Но, кроме того Чехов отдавал много времени и сил общественной деятельности. Об этой стороне жизни Чехова говорится в его биографиях, в воспоминаниях близких ему людей, в музейных экспозициях. Известно, что Чехов построил три школы. А что значит – построить школу, потом вторую, третью? Ведь, мы знаем, что Чехов не был богатым человеком. Он жил литературным трудом, а в то время за свои книги писатель получал немного. Чехов работал каждый день: изо дня в день по утрам принимал больных, а потом садился за письменный стол. Но для того, чтобы строить школы, нужны были большие деньги. И тогда он обращался к друзьям, находил богатых людей, которые помогали ему и давали деньги на строительство. Чехов сам следил за тем, как шла работа.

А ещё много времени и сил Чехов тратил на развитие народных библиотек в разных городах России, куда он отправлял посылки с книгами из Москвы, Петербурга, из-за границы. Так, например, он посылал целые ящики книг жителям острова Сахалин. Чехов регулярно посылал книги и в городскую библиотеку Таганрога – города, где он родился и провёл своё детство.

Он принимал участие также в переписи населения: шёл от дома к дому, из одной семьи в другую и не просто записывал имена людей, но, если мог, помогал им.

Зачем же замечательный русский писатель занимался такими разными делами: школами, библиотеками, строительством? Чехов сам ответил на этот вопрос. Он говорил, что эта общественная работа важна для него, чтобы чувствовать себя счастливым и нужным людям.

第6題到第10題：回答問題時間至多5分鐘。

6. Экскурсовод рассказал о Чехове ... .

(А) как об известном писателе

(Б) как об общественном деятеле

(В) как о хорошем враче

7. Чехов давал деньги на строительство ... .

(А) школ

(Б) больниц

(В) библиотек

8. Чехов родился ... .

(А) в Петербурге

(Б) на Сахалине

(В) в Таганроге

9. Чехов помогал народным библиотекам: … .

(А) послал деньги

(Б) отправлял книги

(В) строил здания

10. Чехов занимался общественной работой, чтобы быть … .

(А) богатым

(Б) известным

(В) счастливым

本篇是講述契科夫生平一些事蹟的文章，大意是說契科夫不僅僅是位知名作家、醫生，並且出錢出力從事公眾事務：蓋學校、幫助俄國各城市圖書館充實館藏、協助人口普查活動。以下將全文翻譯提供考生參考。

【翻譯】

我們都非常清楚安東・帕夫羅維奇・契科夫是位作家，同時也知道他是一位好醫生，此外，契科夫奉獻了很多的時間與心力在公眾事務上。有關契科夫這方面的生活可以在他的自傳、他親友的回憶錄中，還有在博物館的展覽品當中找到相關說明。大家都知道，契科夫曾經蓋了3座學校。而一而再、再而三的蓋學校意謂著甚麼呢？畢竟我們知道契科夫不是個有錢人，他靠寫作為生，而在那個年代，書賣不了什麼錢。契科夫每天工作，每個早上看診，看診之後就寫作。但是，蓋學校需要很多錢，所以他就找朋友幫忙，找到有錢的人幫助他，給他錢去蓋學校，契科夫還親自去關心工程進度。

契科夫還花了很多時間跟精力在俄國很多城市的人民圖書館發展事務上，他從莫斯科、彼得堡及國外寄書給這些圖書館，例如，他整箱、整箱地寄書給庫頁島的居民。契科夫在塔干羅科市出生以及度過童年，他定期地寄書到該市的市立圖書館。

他還參與人口普查的活動，他不僅挨家挨戶地抄寫人名，如果能力許可的話，他還幫助這些百姓。

究竟為什麼這麼傑出的作家要從事那麼繁雜的事物呢：蓋學校、圖書館？契科夫自己回答了這個問題，他說，這個公眾事務對他自己來說很重要，因為他想要快樂與覺得被人需要。

第6題：導覽者述說契科夫 ______ 。

(A) 就像在敘述一位知名的作家

(Б) 就像在敘述一位從事公衆事務的人

(B) 就像在敘述一位好醫生

第7題：契科夫捐錢蓋 ______ 。

(A) 學校

(Б) 醫院

(B) 圖書館

第8題：契科夫出生於 ______ 。

(A) 彼得堡

(Б) 庫頁島

(B) 塔干羅科

第9題：契科夫 ______ 以幫助人民圖書館。

(A) 寄錢

(Б) 寄書

(B) 蓋建築物

第10題：契科夫為了 ______ 而從事公衆事務。

(A) 發財

(Б) 出名

(B) 快樂

第6題 - 第10題答案：БАВБВ

【第三篇】

第11題到第15題：聆聽第3篇文章並回答問題。該文章為廣播節目「假日休閒」的片段。

ТЕКСТ 3

Дорогие друзья! Если вы интересуетесь историей и культурой России, приглашаем вас в выходные на экскурсию в Смоленск. Это один из самых древних русских городов. Он старше Ярославля, Владимира и Москвы. В России немного таких городов, как Смоленск, где можно увидеть столько старинных архитектурных памятников XII – XIII веков.

Современный Смоленск – один из культурных центров России. В первый же день, когда вы приедете в Смоленск, вы побываете в историческом центре города. вы увидите Смоленский кремль, старинные соборы, замечательные архитектурные и исторические памятники, побываете в музеях, погуляете в прекрасных садах и парках Смоленска.

Смоленск расположен на западе от Москвы. В прошлом он не раз защищал столицу и всю Россию от врагов. Поэтому Смоленск раньше называли городом-защитником, «железным» городом, а теперь называют городом-героем. В центре города вы увидите Смоленский кремль, который в прошлом защищал западные границы России. Смоленск кремль строили тысячи рабочих со всех концов России. Это строительство продолжалось семь лет. Конечно, не вся стена и не все башни сохранились до нашего времени, но и то, что можно увидеть сегодня, производит огромное впечатление.

Здесь, в Смоленске, вам обязательно покажут проспект Юлия Гагарина и памятник первому космонавту. А во второй день экскурсии вам предложат поехать в дом-музей Юрия Гагарина, который находится недалеко от Смоленска. В музее вам расскажут о семье Гагарина, о его детстве, об учёбе, а потом и о подготовке к полёту в космос. Я же хочу вам рассказать один случай, о котором писала мать космонавта в своей книге «Память сердца».

Это было в 1941 году. Шла война. В то время Юра учился в школе в первом классе. Однажды над деревней, где жила семья Гагариных, пролетел самолёт и сел недалеко от дома. Это был первый самолёт, который увидел Юра в своей жизни. Весь день до поздней ночи он с ребятами не отходил от самолёта и смотрел на лётчиков, как на героев. В тот день Юра сказал своей матери: «Мама! Я вырасту и тоже буду лётчиком!»

- Обязательно будешь! – ответила мать.

Так у деревенского мальчика родилась большая мечта. Но шла война. И ни мама, ни сын не могли себе даже представить, что через 20 лет человек впервые полетит в космос, и что этим человеком будет Юра.

Дорогие друзья! Приглашаем вас на экскурсию в старинный русский город Смоленск с посещением дома-музея Юрия Гагарина.

第11題到第15題：回答問題時間至多10分鐘。

11. Основная тема радиопередачи - ... .
   (А) древние русские города
   (Б) экскурсия в город Смоленск
   (В) полёт человека в космос

12. Туристы часто посещают Смоленск, потому что ... .
   (А) там сохранились старинные памятники
   (Б) он находится недалеко от Москвы
   (В) это крупный современный город

13. Дом-музей Юрия Гагарина находится ... .
   (А) недалеко от Смоленска
   (Б) в центре Смоленска
   (В) на проспекте Гагарина

14. Гагарин впервые увидел самолёт, когда он ... .
   (А) закончил школу
   (Б) учился в 1-ом классе
   (В) жил в Смоленске

15. Авторы радиопередачи хотели, чтобы слушатели ... .
   (А) написали, понравился ли им рассказ о Смоленске
   (Б) прочитали книгу матери Юрия Гагарина
   (В) поехали на экскурсию в Смоленск

本篇是一個介紹俄羅斯古城斯馬連斯克的廣播節目，大意是說古城有很多古蹟，是一個文化重鎮，而世界第一位太空人加加林的家鄉恰巧距離古城不遠，歡迎聽眾去斯馬連斯克古城參觀，並造訪加加林的故居博物館。以下將全文翻譯提供考生參考。

【翻譯】

親愛的朋友們，如果你們對俄羅斯的歷史及文化有興趣，邀請你們大家在休假日時造訪斯馬連斯克城。它是俄羅斯最古老的城市之一，它的歷史比亞羅斯拉夫、伏拉基米爾及莫斯科還要久。在斯馬連斯克城可以看到非常多12到13世紀古建築學遺址，在俄羅斯像這種城市並不多。

現代的斯馬連斯克是俄羅斯的文化中心之一。當你們來到斯馬連斯克的第一天，你們一定要去舊城中心區，你們將會看到斯馬連斯克的克里姆林宮、古老的教堂、美麗的建築學及歷史遺跡，你們一定要去博物館，並在斯馬連斯克漂亮的花園及公園散步。

斯馬連斯克位於莫斯科的西方。在以前，斯馬連斯克不只一次防禦首都及整個俄羅斯，抵抗外侮。所以斯馬連斯克以前被稱為防衛者城、鋼鐵城，而現在被稱為英雄城。在市中心可以看到斯馬連斯克過去防衛俄羅斯西方邊境的克里姆林宮。斯馬連斯克的克里姆林宮是由千千萬萬從俄羅斯各地前來的工人所建造，建築工事持續了七年。當然，並不是所有的城牆或碉堡到現在都保存了下來，但是現在所可以看到的卻會令人留下深刻的印象。

在斯馬連斯克這裡一定會帶你們看看尤里・加加林大街，以及世界上第一位太空人的紀念碑。而在第二天的旅遊行程中會建議你們去距離斯馬連斯克不遠的尤里・加加林故居博物館。在博物館裡會有人解說加加林的家庭軼事、加加林的童年，以及他上太空之前的準備工作。我則是想跟你們說一個故事，這個故事是太空人的母親在其書「心之記憶」中所寫到的。

故事發生在1941年，當時在打仗。在那個時候，尤拉唸小學一年級。有一次，一架飛機飛越加加林家庭所住的村莊，並在離家不遠處降落，這是尤拉生平所見過的第一架飛機。他跟同伴們一整天直到深夜都沒離開過飛機一步，一直盯著飛行員瞧，就好像看著英雄一般。這一天，尤拉跟母親說：「媽媽，我長大後也要當飛行員」。

母親回答說：「你一定會的」。

於是乎這個鄉村小男孩有了遠大的夢想。但是，當時在打仗，媽媽跟兒子都無法想像，在20年之後，人類將首次飛向外太空，而這個人將會是尤拉。

親愛的朋友們，邀請各位去古老的俄羅斯斯馬連斯克城旅遊，並參觀尤里・加加林的故居博物館。

第11題：廣播節目的主題為 ______。

(А) 俄羅斯古老城市

(Б) 去斯馬連斯克城旅遊

(В) 人類的太空飛行

第12題：旅客常常造訪斯馬連斯克城是因為 ______。

(А) 在那裏有古老的遺跡保存了下來

(Б) 它離莫斯科不遠

(В) 這是個現代的大城

第13題：尤里・加加林的故居博物館位於 ______。

(А) 離斯馬連斯克城不遠處

(Б) 斯馬連斯克城市中心

(В) 在加加林大道上

第14題：加加林首次見到飛機是當他在 ______。

(А) 中學畢業時

(Б) 讀小學一年級時

(В) 住在斯馬連斯克城時

第15題：廣播節目的作者希望聽衆 ______。

(А) 寫信給他們是否喜歡有關斯馬連斯克城的故事

(Б) 讀完尤里・加加林母親寫的書

(В) 去斯馬連斯克城旅遊

第11題 - 第15題答案：БААБВ

【第四篇】

第16題到第20題：聆聽第四篇瑪琳娜與鄧恩的對話，嘗試了解他們為什麼喜歡看哪些電視節目，之後並回答問題。

ТЕКСТ 4

- Привет, Дэн! Я вчера вспоминала о тебе.
- Очень приятно! А почему вдруг?
- Смотрела по телевизору передачу «Клуб путешественников», там рассказывали об Англии, показывали Лондон.
- И как тебе понравился мой родной город?
- Лондон – прекрасный город. Мне очень захотелось поехать туда и увидеть всё своими глазами. Мне вообще нравятся передачи о других странах и городах.
- Ты знаешь, Марина, а я, честно говоря, больше люблю сам ездить по разным странам, и в России уже был во многих городах.
- А в каких городах ты был?
- Я был во Владимире и Новгороде. А ещё я был в Сибири, на озере Байкал. Теперь я хочу поехать на Дальний Восток.
- Ты так много путешествуешь, у тебя, наверное, совсем нет времени смотреть телевизор.
- Да, я редко смотрю телевизор. У меня, действительно, мало свободного времени. В основном я смотрю музыкальные программы, а по воскресеньям – спортивные передачи.
- А новости? Тебе их тоже нужно смотреть, чтобы знать о событиях в мире...
- Да, конечно. Мне очень полезно слушать «Новости». Это помогает мне изучать русский язык.

第16題到第20題：回答問題時間至多5分鐘。

16. Марина больше всего любит смотреть ... .

(А) информационные программы

(Б) передачи о путешествии

(В) музыкальные программы

17. Марина хочет поехать в Лондон, потому что ... .

(А) там живёт Дэн

(Б) она хочет учить английский язык

(В) это красивый город

18. Дэн любит ... .

(А) путешествовать

(Б) заниматься спортом

(В) смотреть телевизор

19. Марина советует Дэну ... .

(А) побольше путешествовать

(Б) поехать на озеро Байкал

(В) смотреть телевизионные передачи

20. Дэн считает, что теленовости помогают ему ... .

(А) изучать русский язык

(Б) узнавать о событиях в мире

(В) знакомиться с городами России

本篇對話女主角是瑪琳娜，是個喜歡看旅遊節目的女孩。她看了一個旅遊節目介紹英國倫敦，於是想親自去一趟英國，親眼看看美麗的倫敦。而男主角是從倫敦來的鄧恩，在俄國學習俄語，喜歡旅遊。以下將全文翻譯提供考生參考。

【翻譯】

- 嗨，鄧恩，我昨天想到了你！
- 真開心！怎麼突然想起我呢？
- 我看了一個叫做「旅遊者俱樂部」的電視節目，節目中介紹英國，還有倫敦的導覽。
- 那妳覺得我的故鄉怎麼樣？
- 倫敦是個漂亮的城市，我好想去一趟，親眼看看倫敦的一切。我本來就喜歡介紹其它國家與城市的節目。
- 瑪琳娜，妳知道嗎，而我啊，老實說，比較喜歡親自到各國旅遊，而在俄羅斯我已經去過很多城市了。
- 你去過那些城市呢？
- 我去過弗拉基米爾與諾夫哥羅德。我還去過西伯利亞，到過貝加爾湖，而現在我想去一趟遠東地區。
- 你真愛旅遊啊！你可能沒有時間看電視吧？
- 是啊，我很少看電視。我的確沒有很多空閒時間。基本上我都看音樂節目，而每個星期日則看運動節目。
- 那新聞呢？你需要看新聞，才會知道世界發生什麼事啊。
- 是啊，當然囉，聽「新聞」節目對我非常有益，同時幫助我學俄語。

第16題：瑪琳娜最喜歡看 ______ 。

(A) 資訊節目

(Б) 旅遊節目

(В) 音樂節目

第17題：瑪琳娜想要去倫敦，因為 ______ 。

(A) 鄧恩住在那裏

(Б) 她想學英語

(В) 倫敦是個漂亮的城市

第18題：鄧恩喜歡 ______ 。

(A) 旅遊

(Б) 運動

(В) 看電視

第19題：瑪琳娜建議鄧恩 ______ 。

(A) 多旅遊

(Б) 去貝加爾湖

(В) 看電視新聞

第20題：鄧恩認為電視新聞幫助他 ______ 。

(A) 學俄語

(Б) 了解世界大事

(В) 認識俄羅斯城市

第16題 - 第20題答案：БВАБА

【第五篇】

第21題到第25題：聆聽第五篇電話對話，您必須了解病人為什麼要打電話，打電話去哪裡，以及他得到了甚麼樣的訊息，之後並回答問題。

ТЕКСТ 5

- Алло, это поликлиника?
- Да, слушаю Вас.
- Здравствуйте. Можно вызвать врача на дом?
- Да, пожалуйста, а что с Вами?
- У меня покраснел правый глаз и болит голова.
- А температура у Вас есть?
- Нет.
- Вам нужно самому прийти в поликлинику. Дело в том, что окулист приходит на дом только в самых тяжёлых случаях.
- А сейчас он принимает?
- Да, сегодня он работает до двух часов.
- А врач примет меня, если сейчас я приеду?
- Да, конечно. Если Вы сейчас придёте, то попадёте к врачу. А если у Вас болит голова, советую Вам пойти к терапевту. Он принимает до обеда.
- Спасибо. А к нему не надо записываться на приём?
- Нет.

第21題到第25題：回答問題時間至多5分鐘。

21. Больной звонит в ... .

(А) «Скорую помощь»

(Б) поликлинику

(В) больницу

22. Больной жалуется на то, что у него ... .

(А) болит голова

(Б) болит горло

(В) высокая температура

23. Глазной врач принимает ... .

(А) завтра в первой половине дня

(Б) сегодня во второй половине дня

(В) сегодня в первой половине дня

24. На дом к больному глазной врач ... .

(А) не приходит никогда

(Б) приходит всегда

(В) приходит в редких случаях

25. Чтобы попасть на приём к терапевту, нужно ... .

(А) прийти в часы приёма

(Б) заранее записаться

(В) позвонить врачу

本篇對話的主角是個病人，他致電診所想請醫生到家看診，而接電話的婦人則是說明了醫生外診的規定，並建議他如果有頭疼的狀況就先去看內科醫生，同時說明醫生的看診時間。以下將全文翻譯提供考生參考。

【翻譯】

- 喂，請問是診所嗎？
- 是的，請說。
- 您好，請問可以請醫生外診嗎？
- 是的，可以的。請問您怎麼了？
- 我的右眼發紅、頭疼。
- 您有發燒嗎？
- 沒有。
- 您必須親自來診所，因為眼科醫生只有在最危急的時候才會外診。
- 他現在看診嗎？
- 是的，他今天看診到2點。
- 如果我現在來，他會看我嗎？
- 是的，當然會。如果您現在來，剛好會碰上醫生看診，如果您有頭疼狀況，我建議您先去看內科醫生，醫生看診到中午。
- 謝謝。看內科需要先掛號嗎？
- 不用。

第21題：病人打電話到 ______。

(A) 急診

(Б) 診所

(B) 醫院

第22題：病人抱怨說他 ______。

(A) 頭疼

(Б) 喉嚨痛

(B) 發高燒

第23題：眼科醫生 ______ 看診。

(A) 明天上半天

(Б) 今天下半天

(B) 今天上半天

第24題：眼科醫生 ______ 到病人家裡外診。

(A) 從不

(Б) 總會

(B) 很少

第25題：為了要碰上內科醫生看診，必須 ______。

(A) 看診時間來

(Б) 提早掛號

(B) 打個電話給醫生

第21題 - 第25題答案：БАВВА

【第六篇】

第26題到第30題：聆聽第六篇安娜與伊格爾之間的對話，您必須了解他們在談些甚麼、談妥了甚麼，之後並回答問題。

ТЕКСТ 6

- Аня! Ты сегодня вечером занята?
- Нет, а что?
- Хочешь пойти в театр на «Бориса Годунова»?
- Я много слышала об этой опере. Все очень хвалят эту постановку в Большом театре, но мне бы сейчас больше хотелось пойти на какой-нибудь балет.
- Аня! У меня билеты не в Большой театр, а в Малый. И я говорю не об опере. Спектакль «Борис Годунов» поставили совсем недавно. Это премьера. Играют известные актёры.
- А я об этом ничего не слышала. С удовольствием схожу в Малый театр. Я давно там не была. Ой, Игорь! Кажется, ничего не получится. Я вспомнила, что сегодня обещала позаниматься с братом физикой. У него скоро экзамен. Он придёт ко мне в шесть.
- А ты не можешь перенести ваше занятие на завтра?
- Я попробую договориться с ним. А где мы встретимся?
- Можно в метро. Давай на станции «Театральная».
- Лучше прямо у входа в Малый театр.
- Я буду тебя там ждать в 6 часов. Успеем до спектакля выпить кофе.
- Нет, Игорь, я смогу прийти только в половине седьмого.

● Хорошо. Договорились. Встречаемся в половине седьмого. Извинись за меня перед братом за то, что так получилось.

第26題到第30題：回答問題時間至多5分鐘。

26. Игорь преложил Ане ... .

(А) послушать оперу

(Б) пойти на спектакль

(В) посмотреть балет

27. Когда Игорь пригласил Аню, она ... .

(А) согласилась пойти с ним

(Б) предложила пойти в другой день

(В) отказалась пойти с ним

28. Игорь и Аня договорились встретиться ... .

(А) на станции метро

(Б) около Большого театра

(В) около Малого театра

29. Аня и Игорь решили встретиться ... .

(А) в 5.30

(Б) в 6.30

(В) в 7.30

30. Игорь попросил Аню ... .

(А) передать брату привет

(Б) позаниматься с братом физикой

(В) извиниться перед братом

本篇對話的主角是安娜與伊格爾。伊格爾邀請安娜去看戲，安娜原先以為是去聽歌劇，後來明白之後就答應了伊格爾的邀約，之後他們約定了見面的地點與時間。以下將全文翻譯提供考生參考。

【翻譯】

- 安娜，妳今天晚上要忙嗎？
- 沒啊，怎麼了？
- 想不想去劇院看「巴利斯·格篤諾夫」？
- 我聽說了好多有關這個歌劇的事情，所有的人都誇讚這齣劇在大劇院的演出，可是我現在比較想看芭蕾。
- 安娜，我的票不是大劇院的，而是小劇院的。而我說的並不是歌劇。「巴利斯·格篤諾夫」這齣劇才剛剛要上演，是首映場。演員都很有名喔。
- 但我從沒聽說過耶！很樂意去小劇院看劇！我好久沒去了。唉呀，伊格爾，好像不成耶，我想起來，今天答應了弟弟要幫他複習物理，他快考試了。他六點會來找我。
- 妳不能把課調到明天嗎？
- 我試試跟他約約看。那我們在那見面呢？
- 可以在地鐵，就在「劇院」站好了。
- 最好直接在小劇院入口處。
- 我6點在那兒等妳。來得及在開演前喝杯咖啡。
- 不行，伊格爾，我6點半才能到。
- 好吧，就這麼說定了，6點半見。幫我跟妳弟弟為了這演變說聲抱歉。

第26題：伊格爾跟安娜提議 ______ 。

(A) 聽歌劇

(Б) 去看劇

(В) 看芭蕾

第27題：當伊格爾邀請安娜的時候，她 ______ 。

(A) 同意跟他去

(Б) 建議別人去

(В) 拒絕跟他去

第28題：伊格爾邀與安娜約定在 ______ 見面。

(A) 地鐵站

(Б) 大劇院附近

(В) 小劇院附近

第29題：伊格爾邀與安娜約定在 ______ 見面。

(A) 5點30分

(Б) 6點30分

(В) 7點30分

第30題：伊格爾拜託安娜 ______ 。

(A) 跟弟弟問好

(Б) 跟弟弟複習物理

(В) 跟弟弟抱歉

第26題 - 第30題答案：БАВББ

項目四：寫作

考試規則

本測驗共2題，作答時間為60分鐘。作答時可使用詞典。請將您的姓名填寫在選項紙上。

如同「聽力測驗」一樣，「寫作」對考生來說，是比較難以應付的一個科目，原因如下：A）考試時間短，只有60分鐘，一般的考生來不及在規定時間內寫完2題；B）第一題所需要閱讀的文章篇幅很大，在有限的時間內，幾乎無法閱讀完畢之後還要寫一個完整的「閱讀心得」（實際答題需求請參閱下方說明）。所以，我們一定要制定答題策略，然後堅持此策略進行答題，唯有這樣，我們才能在有限的60分鐘之內，將兩題都做完，並且以合理的分數通過本科考試。

【題型介紹】

筆試共有兩題。第一題需要先閱讀一篇文章，閱讀完之後，題目會要求考生將文章中的重點摘要出來，然後還要寫出對文章重點的看法，例如考生是支持或是反對某項意見的陳述，而支持的原因為何、反對的原因又是為何。這篇文章通常篇幅大，約A4紙張一頁的份量，內容較為嚴肅，通常是以一般的社會問題為主，例如環保議題、工作、求學、就業問題等。

第二題題型較為單純，通常是要考生寫一篇家書，信中內容以生活化的敘述為主，此外，題目本身已附上寫作內容之大綱，考生只需依照大綱來書寫，就可輕鬆完成，所以相較於第一題的題型來說，第二題是非常容易做答的。

【答題策略】

一、先做第二題。題目規定，本篇書信不得少於20句，而我們給自己答題的時間必須控制在15至18分鐘之內完成，如果能在更短時間之內完成，當然是更好。

二、剩下的42至45分鐘全力進攻第一題。

【第二題答題技巧】

一、本題是書信的寫作，所以一定要合乎寫信的要求。首先是對象，我們依照題目規定的對象採用適當的召喚語（問候語），如果對象是朋友，我們則用Здравствуй或是Привет，切記不要用敬語Здравствуйте，反之亦然，如果對象不是朋友，則需用敬語，千萬不可混淆使用。例如，親愛的爸媽（Дорогие папа и мама!）、親愛的安東（Дорогой Антон!）、親愛的安娜（Дорогая Анна!），或是爸媽你們好（Здравствуйте, папа и мама!）、安東，你好（Здравствуй, Антон!）、安娜，妳好（Здравствуй, Анна!）；您好，伊凡・帕夫羅維奇（Здравствуйте, Иван Павлович!）、令人尊敬的伊蓮娜・安東諾夫娜（Уважаемая Елена Антоновна!）。至於是用Дорогой ...（Дорогая ...），還是用Здравствуй ...（Привет ...），是用Уважаемый ...（Уважаемая ...），或是Здравствуйте並沒有一定的規定，但是要注意，在召喚語之後一定要用「驚嘆號」，而非其它標點符號，切記！

二、寫了問候語之後，記得先跟收信對象閒聊幾句，之後再切入主題，說明寫信的背景原因，這種書寫方式不僅富邏輯性，更可增加篇幅，一舉兩得。

三、書信本體的基本內容就按照大綱所提供的問題一一回覆即可。大綱是以問題形式展現，所以我們只要回覆到所有的問題，即是一篇很好的書信了。當然，有些大綱的問題如果不好發揮，我們也千萬不要浪費時間在思考如何回答，我們就挑容易回答的來寫，甚至有些時候我們也會有一些自己的想法是適合加入本體內容的，自然也可寫出，以豐富本體內容，但是勿用囉嗦及不著邊際的句子，造成反效果。

四、結尾。如果大綱的最後問題並不適合做為書信本體的結尾，那麼我們則必須加上自己的方案，將上下文做連結，使書信本體完整，才不會看似有頭無尾。

五、署名並加註日期。書信的結尾切記要送上祝福的話，之後署名與加註日期，這樣才是一封完整的信件。

以下就以本版本之題目示範答題要點。

В России Вы познакомились с девушкой (молодым человеком) и хотите пригласить её (его) к себе домой, на родину. Напишите письмо о ней (нём) своим родителям. В письме сообщите следующие:

- Как её (его зовут)?
- Какая она (какой он)?
- Какой у неё (него) характер?
- Чем она (он) интересуется?
- Кто она (он)? Учится или работает? Где?
- Какая у неё (него) семья? Где живут её (его) родители?
- Какие иностранные языки она (он) знает?
- Какие у неё (него) планы на лето?

Ваше письмо должно содержать не менее 20 предложений.

您在俄羅斯結識了一位女孩（男孩），您想邀請她（他）到祖國的家裡來作客。請寫一封有關朋友的信給父母親，信中請告知下列訊息：

- 她（他）叫甚麼名字？
- 她（他）是怎麼樣的人？
- 她（他）的個性為何？
- 她（他）對什麼感到興趣？
- 她（他）的職業為何？在哪裡唸書還是工作？
- 她（他）的家庭成員為何？她（他）的父母親住在哪裡？
- 她（他）懂哪些外語？
- 她（他）的夏天計畫為何？

信不得少於20個句子。

1 Дорогие папа и мама!

2 Извините, что я вам давно не писал. Дело в том, что в последнее время я был очень занят. Я очень скучаю по вам. Как вы поживаете? Что у вас нового? Сейчас уже холодно на Тайване? А в Москве уже мороз. Но не беспокойтесь. Я живу в общежитии, и у меня очень тёплая комната. У меня всё отлично. Дела идут благополучно.

3 Я хочу рассказать вам об одной девушке, с которой мы учимся вместе в одной группе. Её зовут Лилия. Ей 21 год. Она очень красивая и умная девушка. Она русская. У неё маленькая семья, и она живёт вместе со своими родителями. Её родители очень добрые. Когда у меня появляются проблемы в жизни, Лилия и её родители всегда помогают мне. Лилия очень талантливая девушка. Она немного говорит по-французски и по-китайски. Я знаю, что она очень любит путешествовать. Но она никогда не была в Азии, и не была на Тайване, поэтому я хочу пригласить её приехать к нам в гости летом. Тогда вы сможете познакомиться с ней. Я уверен, что она вам понравится.

4 Мне пора на занятия. Скажите, что вы думаете об этом.

5 Берегите себя, пожалуйста!

Целую,

Ваш сын Виктор

15/4/2015

此篇的對象為父母親，所以我們可以用Дорогие папа и мама!的形式，非常的簡單，希望大家一定要會用。接著是閒聊的部分。我們假設以自己是一個台灣人在俄羅斯留學的身分來寫信給父母親。首先因為最近很忙，導致很久沒跟父母親寫信而致歉，其中的片語 в последнее время（最近，近期）非常好用，請考生一定要記下來，並且多多利用。最近過的怎麼樣、有甚麼新聞、我很想念你們、我一切都好、事情都很順利等（Как вы поживаете? Что у вас нового? Я очень скучаю по вам. У меня всё отлично. Дела идут благополучно.）也是再簡單不過的問候方式，一定要學會。總之，就是閒聊，用我們都會的句型，應該不是太難。如果不會благополучно，那就用хорошо吧！

信中主體的部分，我們盡量依照題目的大綱來發揮，但是如果有自己的想法時，當然也可以穿插一些連貫或是點綴的句子。為了將主體與第一段連結，所以這裡用了一個句子將兩段串連起來，並且給予某些訊息：一起唸書的同班同學（девушка, с которой мы учимся вместе в одной группе），所以後面問朋友在工作或是求學的大綱部分，就可省略不答。其它大綱的回答盡量講求簡單，用最基本的單詞、句子描述即可，千萬不要陷入長篇大論，浪費時間。主體的結尾再用一個句子與下一段串連，使得總體讀來通順、自然。

信的尾聲找個理由與父母親道別，之後請父母親保重身體。而最後則是用一個慣用俄式的целую（親吻）或是обнимаю（擁抱），並加上署名之後做結束。切記，целую或是обнимаю一定是一個段落的開始，所以要換行，且該單詞之後要用逗點，而非句點，這是習慣。至此，第一題的答題已經結束，我們一定要控制好時間，盡量在18分鐘內完成。

下面再提供3篇範例供考生參考。

範例一

Дорогие мои папа и мама, здравствуйте!

Я давно вам не писал, был очень занят: готовился к экзаменам. Но сегодня я всё сдал и собираюсь домой, ждите меня, через месяц я буду дома! За то время, что я учусь в Москве, у меня появилось много знакомых и друзей.

На эти зимние каникулы я пригласил к нам в гости, если, конечно, вы не против, моих друзей. Их зовут Маша и Саша. Им обоим по 20 лет, они брат и сестра, близнецы. Мы вместе ходим на лекции по экономике и занимаемся спортом. Я познакомился с ними сразу, как приехал в Москву, вместе с ними мы путешествовали по Европе, ездили на Кавказ, они очень любят путешествовать, объехали уже всю Европу и хотят посмотреть Тайвань.

Они оба симпатичные, весёлые люди, знают английский язык и учат китайский, играют в теннис и меня уже научили играть. Они часто помогали мне в первое время, когда я еще не очень хорошо говорил по-русски, и у меня возникали какие-то проблемы. Они познакомили меня с городом, показали много интересного в Москве, были ко мне очень добры. Надеюсь, вам они понравятся, и мы интересно проведем эти зимние каникулы.

До встречи!

Целую вас,

Ваш сын Виктор

15/4/2015

範例二

Здравствуйте мои дорогие папочка и мамочка!

я очень скучаю по вам! Как вы поживаете, как здоровье бабушки, передавайте ей привет и поцелуйте её от меня. Скоро я сама смогу вас всех обнять и поцеловать, собираюсь приехать на летние каникулы.

Мама, помнишь, я тебе говорила, здесь у меня появилась хорошая подруга, моя соседка, Катя. Ей, как и мне, 21 год. Мы с ней учимся в разных университетах, но свободное время почти всегда проводим вместе. Она учится в медицинском университете, собирается стать детским врачом, она очень серьёзная и умная девушка, и настоящая красавица, голубоглазая блондинка. В детстве Катя закончила музыкальную школу и замечательно играет на фортепьяно. Мы с ней познакомились в бассейне, она, как и я, любит плавать, плавает очень хорошо, как настоящая спортсменка. Теперь в бассейн мы с ней ходим вместе, а еще мы с ней ходим в музеи, на концерты и по магазинам. Она москвичка и, конечно, хорошо знает Москву, постоянно помогает мне и показывает свои любимые места в городе.

Мама, я хочу пригласить её к нам провести летние каникулы или часть каникул, а потом бы мы с ней поехали еще куда-нибудь, например, в Японию. Хорошо?

Целую,

Ирина

15/4/2015

範例三

Мама и папа, привет!

Скоро у меня начнутся новогодние каникулы, я приеду домой, сейчас у нас сессия, мне осталось сдать один экзамен и я свободен! Сначала я хотел поехать в горы, попробовать покататься на горных лыжах, но я соскучился по вам, по домашней еде, поэтому я еду. А на лыжах я еще успею покататься, когда вернусь в Питер.

Недавно я начал подрабатывать переводчиком в одной торговой фирме и в офисе я познакомился с одним парнем. Он тоже студент и тоже подрабатывает в свободное от учёбы время. Он по специальности программист, закончит университет через 2 года. Ему 20 лет, зовут его Вадим. Мы с ним подружились, ходим вместе в спортзал, занимаемся на тренажёрах и бегаем по утрам. Он немного говорит по-английски, китайского совсем не знает, поэтому мы с ним говорим только по-русски, это очень хорошо для меня, с ним мы можем разговаривать обо всем: о жизни, о спорте, о политике и, конечно, о девушках. Ему нравится путешествовать, в прошлом году он ездил с отцом в Америку. Я предложил поехать со мной на Тайвань, к нам в гости. Мы собираемся покататься на велосипедах по берегу моря и в горах. Вы не будете против, если мы с ним приедем на каникулы вместе? Он вам понравится, он очень спокойный, рассудительный парень, с ним интересно общаться.

Хорошо, до скорой встречи. Пока!

Виктор

15/4/2015

【第一題答題技巧】

第一題是一篇文章，閱讀完畢之後，將文章中的每個意見摘錄下來，之後再簡單發表一下自己贊成或是反對這些意見的原因。我們要了解，一般考生要在有限的時間讀完文章並且完整的摘錄所有重點（意見），其實不是件容易的事。那麼要怎麼做，才能做到最基本（最少），以達到通過的門檻呢？我們認為，既然是要寫一篇文章，所以開頭與結尾一定是必要的，而中間主體的部分，也就是題目所要求的，將意見摘錄下來，也要盡量去完成。我們認為，對於程度中等或是中上的考生來說，這樣的考試題型並不是太困難，雖然做答時間只有60分鐘，應當還是可以來得及閱讀並完成作答的需求，但是，對於程度在中等以下的考生而言，想要通過本項考試，除了靠技巧之外，也需要運氣加持。

一定要看懂題目。寫作的第一大題雖然題型類似，但是每個題目還是有其獨特的答題需求，不管是摘錄重點，還是需要考生抒發對於文章主題的意見，每個題目都有其具體的答題方向，考生一定要清楚明白題目，針對題目寫出選項，切忌答非所問，否則落得徒勞無功，無法通過考試。如果題目中真有不懂的單詞，那麼只好犧牲一點時間查詞典，將題目看懂，但是要記得，千萬不能花太多時間查詞典。

一、開頭。既然要寫一篇文章，所以總少不了開頭。建議考生好好利用文章的開頭，讀過之後，迅速地擷取重點，將重點稍微改寫，變成自己寫作的起頭。

二、擷取每一個段落有關題目重點的句子，緊接著將句子稍微做修改，變成自己文章的內容。當然，要做到這樣並不是很容易，首先眼睛掃描文章段落的速度要快，找到重點關鍵詞之後，將前後的句子擷取出來，之後用最簡單的表達方式重新修改。如果句子是直接句，一定要記得改為間接句，因為我們是在擷取別人的論點，而不是自己的意見，例如：Эльвира Новикова, депутат Государственной Думы: «У женщины должен быть выбор: где, сколько и как работать и работать ли вообще. Пусть свою судьбу выбирают сами женщины в зависимости от того, что для них главное – дом, работа или и то и другое вместе... И государство должно принимать свои решения, заботясь о работающих женщинах и их детях». 人名與職銜可以一字不漏地照抄，接著把直接句改為間接句，然而句子內容則需稍微修改，切忌與文章中之敘述完全相同，如果完全照抄，得分會很低。*Эльвира Новикова, депутат Госдумы считает, что женщины имеют право выбирать свой путь – работать или не работать. При этом государство должно помочь им и заботиться о них.*

三、結尾以簡單訴說自己對此議題之意見即可，不但符合題目要求，又可以做為寫作的結束，切忌長篇大論，多寫多錯，完全沒必要。

以下就以本版本之題目示範答題要點。

Вас интересует проблема «Женщины в современном обществе». Прочитайте текст и письменно изложите все мнения, которые были высказаны по этой проблеме. Напишите, с чем Вы согласны или не согласны и почему. Ваше изложение должно быть достаточно полным, логичным и связным.

Современные женщины, как правило, работают. Многие любят работу и гордятся своими успехами. Но не слишком ли иного работают сегодня женщины? Ведь после работы их ещё ждут домашние дела, которые требуют много сил и времени.

Может быть, женщины не работать, а заниматься домом и воспитанием детей? С этим вопросом газета «Московские новости» обратилась к своим читателям. Вот наиболее интересные ответы.

Георгий Гречко, лётчик-космонавт: «Моя мать работала главным инженером завода. Помню, как на следующий день после того, как она ушла на пенсию, она мне сказала: " Первый раз я спала спокойно". До этого она каждую ночь беспокоилась, не случилось что-нибудь на заводе, но если бы кто-нибудь предложил моей матери не работать, а только заниматься домашним хозяйством, она бы не согласилась – она любила свой завод, свою работу. Конечно, жизнь женщины трудна, часто очень трудна, и всё-таки никто не может лишить её права заниматься любимым делом. Я считаю, что государство должно помнить: женщина нуждается в заботе и помощи».

Шократ Тадыров, работающий в Академии наук в Туркмении: «Я хочу поговорить о воспитании детей. Ответственность мужчин в этом вопросе не может равняться с ответственностью с женщиной. Воспитание детей должно быть главной задачей женщины. И, конечно, забота о доме и о муже. Ведь муж зарабатывает деньги на содержание своей семьи и, естественно, нуждается во внимании жены. Работающие женщины – вот главная причина того, что во многих странах теперь рождается так мало детей. Кроме того, работающая женщина становится материально самостоятельной, поэтому родители часто расходятся, и дети растут без отца».

Эльвира Новикова, депутат Государственной Думы: «У женщины должен быть выбор: где, сколько и как работать и работать ли вообще. Пусть свою судьбу выбирают сами женщины в зависимости от того, что для них главное – дом, работа или и то и другое вместе. Не нужно искать один вариант счастья для всех, ведь у каждой женщины свои представления о счастье. И государство должно принимать свои решения, заботясь о работающих женщинах и их детях».

Алексей Петрович Николаев, пенсионер: «Время очень изменило женщин. Или, лучше сказать, женщина сама изменилась. Мы уже привыкли к тому, что нас учат и лечат женщины, что среди инженеров, экономистов, юристов много женщин. Сегодня мы нередко встречаем женщин-милиционеров, политиков и даже лётчиц. Женщина овладела, кажется, всеми мужскими профессиями. А вы знаете, о чём мечтают такие женщины? Они мечтают о букете цветов и не хотят потерять право на внимание мужчин».

Александр Данверский, журналист: «До сих пор все войны, катастрофы, социальные эксперименты происходили потому, что решения принимали мужчины. Женщин, к сожалению, не приглашали обсуждать важные проблемы.

В последние годы социологи всё чаще говорят, что XXI век будет веком женщины, потому что так называемые «мужские ценности»（личный успех, решение проблем с позиции силы）уступят «женским ценностям»: заботе о мире и общем благополучии. Если мы хотим, чтобы положение изменилось, мы, мужчины, должны помочь женщинам занять в обществе достойное место».

Дорогие читатели! Наша редакция ежедневно получает десятки писем, посвящённых этой актуальной проблеме, поэтому мы продолжим обсуждение темы «Женщины в современном обществе». Ждём ваших писем.

（По материалам газеты «Московские новости»）

您對「婦女在現代社會」議題感到興趣，請讀文章並且以書面敘述所有就此議題表達的意見，請寫出您為什麼同意或是為什麼不同意該意見。您的敘述內容應該是完整的、有邏輯的，並且是互相關聯的。

【翻譯】

一般來說，現代婦女是工作的。很多婦女喜歡工作，並且為自己的成就感到驕傲。但是，今天的婦女工作量是不是太大了呢？畢竟，婦女工作完之後，家裡還有一些費時又費力的家事等著他們呢。

或許婦女不要工作，而照顧家庭及教養孩子就好？「莫斯科新聞報」就這個問題向讀者做了調查，以下是一些較為有趣的回答。

太空飛行員基歐爾季・格列區科說：「我的母親是工廠的總工程師，我記得她在退休的隔天對我說：《我總算第一次睡的安穩了》。在此之前，她每天半夜都擔心工廠會不會發生甚麼事，但是，如果有人建議她不要工作，只管家務就行，她一定不會答應。她深愛自己的工廠，喜愛自己的工作。當然，婦女的生活是辛苦的，常常是非常辛苦的，但畢竟沒有人能夠剝奪婦女想從事自己喜歡工作的權利。我認為，政府應該銘記在心，婦女是需要照顧、協助的」。

沙克拉特・塔迪洛夫在土庫曼共和國的科學院工作，他說：「我想談談孩子的養育問題。在這個問題上，男人的責任跟婦女的責任不相等。婦女的首要工作應該是養育孩子，當然還有照顧家庭跟丈夫，畢竟丈夫賺錢維持家計，當然就需要太太的照顧。現在在很多國家的生育率大降，主要的原因就是職業婦女的關係，此外，職業婦女在經濟上獨立，所以離婚率高，而孩子的成長過程缺乏了父親的陪伴」。

國家杜馬議員伊爾薇拉・娜薇科娃說：「婦女應該可以選擇在哪工作、工作份量以及如何工作，或者是選擇根本不工作。婦女依據他們對於主要事物的看法為何，是家庭、工作，還是兩者兼具，來決定他們自己的命運。不需要幫所有的婦女尋找幸福的單一方案，畢竟每一個婦女對於幸福的見解都不相同，而政府應該立法照顧職業婦女與他們的小孩」。

阿列克謝伊・彼得維奇・尼古拉耶夫是個退休人員，他說：「時間大大地改變了婦女，或是應該說，婦女自己做了改變。我們已經習慣婦女教導我們、醫治我們，很多婦女從事工程師、經濟相關、律師的工作。今天我們常常碰到婦女警察、從政人員，甚至是飛行員。婦女似乎已經完全掌握男性的職業。而你們知道那些婦女渴望的是甚麼嗎？他們渴望的是一束花，他們並不想失去對男人的吸引力」。

亞歷山大・丹涅爾斯基是位記者，他說：「直到今天，所有的戰爭、災難、社會變化之所以發生，都是因為男人決定一切。很可惜，女人並不被邀請參與重要事務的討論。

近年來社會學家多次強調說，21世紀將是婦女的世紀，因為關注世界及大眾安全能力的《婦女價值》將會超越所謂以個人成功、以實力解決問題的《男人價值》。如果我們想改變現況的話，做為男人的我們應該幫助婦女在社會上適得其所」。

親愛的讀者，我們的編輯部門每天都會收到針對這個迫切議題的數十封來信，所以我們將繼續討論「婦女在現代社會」的問題，期待您的來信。

（資料來源：「莫斯科新聞報」）

以下我們嘗試依照上述之答題技巧，摘錄文章之重點，使之成為自己的文章。

Сегодня многие обсуждают, должны ли работать современные женщины? Это очень спорный вопрос, который меня очень интересует, так как те женщины, с которыми я общаюсь, имеют совершенно разные точки зрения по этому поводу.

В России этот вопрос тоже многих интересует, поэтому существуют разные мнения насчет того, может быть, женщинам лучше не работать, а заниматься домом и воспитать детей.

Георгий Гречко, лётчик-космонавт считает, что женщины имеют право делать то, чем они хотят заниматься. И государство должно не только помочь им заниматься их карьерой, но и заботиться о них.

Шократ Тыдаров думает, что женщины не должны работать. Женщины должны заниматься домом и воспитывать детей. Это главная задача женщины. А работать должны только мужчины.

Они должны зарабатывать деньги для семьи. Кроме того, он считает, что если женщины работают, они становятся материально самостоятельными, поэтому родители расходятся и дети растут без отца.

Эльвира Новикова, депутат Госдумы считает, что женщины имеют право выбирать свой путь – работать или не работать. При этом государство должно помогать им и заботиться о них.

Пенсионер Алексей Петрович Николаев считает, что время изменилось и женщины сегодня овладевают всеми мужскими профессиями. Но женщины всё-таки мечтают о букете цветов от мужчин.

Журналист Александр Данверский придерживается мнения, что женщины должны участвовать в важных решениях. И социологи считают, что мы должны помочь женщинам занять в обществе достойное место, потому что женщины в будущем станут важнее, чем мужчины.

А я считаю, что женщины должны работать. Во-первых, они получают удовольствие от работы, чувствуют себя полноценными. Во-вторых, они должны работать, чтобы улучшить финансовое положение семьи. Кроме того, я не думаю, что материальная независимость является главной причиной того, что родители расходятся.

以下再提供2篇範例供考生參考。

“Сколько людей, столько и мнений”, каждый человек имеет свою точку зрения на любую проблему, так, на вопрос газеты “Московские новости” - “Женщины в современном обществе”, разные люди ответили по-своему.

Например, летчик-космонавт Георгий Гречко, чья мать в своё время была главным инженером завода, считает, что нельзя лишать женщину права заниматься любимым делом. Его мать не могла представить своей жизни без работы. А государство должно заботиться о женщинах и помогать им.

По мнению работника Академии наук из Туркмении Шократа Тодырова, главное предназначение женщины - это забота о муже и детях, работающая женщина становится материально самостоятельной, и из-за этого распадаются многие современные семьи.

Депутат Государственной Думы Эльвира Новикова предоставляет право решать свою судьбу самой женщине, у женщины должен быть выбор: где, сколько и как работать женщине и работать ли вообще, говорит она. Я согласна с ней в том, что у каждой женщины свои представления о счастье, но, по-моему, у современных женщин нет возможности выбирать, почти все женщины вынуждены работать, мало кто может позволить себе жить на средства семьи.

Пенсионер Алексей Петрович Николаев прав, когда говорит, что современные женщины овладели всеми мужскими профессиями, способны на многое в любой профессиональной сфере, но не согласны потерять право на внимание со стороны мужчин.

А журналист Александр Данверский утверждает, несмотря на то, что женщины стали более свободными и самостоятельными, их еще недостаточно среди тех, кто принимает важные политические решения, то есть женщины не так активно стремятся в политику. Но, мне кажется, он немного наивно полагает, что в 21-ом веке так называемые "мужские ценности"（личный успех - для женщин это тоже важно, решение проблем с позиции силы）уступят место "женским ценностям": заботе о мире и общем благополучии. Но я думаю, мужчины не должны помогать женщинам, они просто должны не мешать им занять достойное место в обществе, если женщина хочет стать кем-то, она должна сделать это сама, своими силами, знаниями, делами.

範例二

Газета “Московские новости” обратилась к читателям с вопросом, не слишком ли заняты современные женщины на работе и дома, не лучше ли им было, если бы они занимались только домом и семьей.

Среди читателей, которые откликнулись на вопрос газеты, был лётчик-космонавт Георгий Гречко, его мать работала главным инженером завода и была всегда занята на работе. Г. Гречко уверен, что нельзя лишать женщину права заниматься любимым делом, а государство должно помогать и заботиться о женщинах.

Шократ Тадыров из туркменской Академии наук написал, главная обязанность женщины - заботиться о детях и семье, мужчина зарабатывает деньги на содержание семьи и нуждается во внимании жены. Работающие женщины меньше внимания уделяют семье, становятся самостоятельными, в этом он видит причину многочисленных разводов.

Депутат Государственной Думы Эльвира Новикова предоставляет право выбора женщине, она считает, что в зависимости от того, что для конкретной женщины главное - дом, работа или то и другое вместе, каждая женщина может решить сама. Государство должно оказывать помощь работающим женщинам и детям.

Пенсионер А.П. Николаев считает, несмотря на то что современные женщины овладели всеми мужскими специальностями, стали сильными и самостоятельными, они по-прежнему мечтают о внимании и заботе со стороны мужчин.

Журналист Александр Данверский надеется на то, что в 21-ом веке больше женщин захочет заниматься политикой и смогут наравне с мужчинами принимать важные решения, от которых зависит общее благополучие людей и мир на земле. Также он надеется, что мужчины помогут женщинам занять достойное место в обществе.

Мне кажется, все эти читатели по-своему правы, с одной стороны, если есть возможность заниматься только семьей, детьми, многие женщины с удовольствием захотели бы не работать. Но многие женщины не мыслят своей жизни без любимого дела и способны успешно совмещать и заботу о семье, и работу. В то же время многие семьи не могут жить только на одну зарплату мужа, поэтому женщины вынуждены зарабатывать деньги. Каждая отдельная семья или женщина способна сама решить для себя, как жить, что выбрать.

項目五：口說

考試規則

本測驗分4大題，共13小題。作答時間為60分鐘。準備第三及第四大題時可使用詞典。您的回答將錄音存查。

第一大題

第1大題共有5小題，答題時間至多5分鐘。答題是以對話形式進行，並無準備時間，口試官問問題，您就問題作答。請注意，您的回答應為完整回答，類似да, нет, не знаю的選項皆屬不完整回答，不予計分。

1 ● Я давно не видел вашего друга. Где он сейчас? Чем занимается?

● ...

2 ● Какой сувенир Вы хотите（хотели бы）привезти из России?

● ...

3 ● Извините, мне хочется посмотреть центр города. Это далеко? Как доехать отсюда до центра города?

● ...

4 ● Я хочу купить сувениры, но сегодня воскресенье. Скажите, пожалуйста, когда в воскресенье закрываются магазины в вашем городе?

● ...

5 ● Скажите, пожалуйста, Вы не знаете, где здесь можно хорошо и недорого поужинать?

● ...

1 我好久沒看到您的朋友了。他目前人在哪？在做甚麼？

2 您想從俄羅斯帶甚麼紀念品回來？

3 抱歉，我想看看市中心，請問遠不遠？從這兒怎麼去市中心？

4 我想買些紀念品，但是今天是星期日，請問，你們城市的商店幾點打烊？

5 請問，您知道在這附近哪家餐廳的晚餐又好吃、又不貴？

【第1大題答題技巧】

在這一大題中共有5個小題，每個題目都是以問句型態表示，要能答對每個題目並取得高分（滿分），絕對不是一件困難的事情，我們只要能堅守下列的答題技巧，一定能滿分過關。

一、一定要非常仔細地聽口試老師的問題。聽懂問題是答題的第一步，唯有聽懂問題，才有可能正確的回答。我們發現，考生常常因為緊張，明明是很簡單的問題，但是因為緊張而聽不懂，答非所問，無法在簡單的題目中得分，甚為可惜。例如題目是Какое время года сейчас?（現在是甚麼季節？）看似再簡單不過的題目，如果是俄文系的學生，這種問題應該在大學一年級就學過了，但是，因為考試的時候過於緊張，考生聽到время года就開始很興奮，覺得聽懂了，沒問題，就開心地亂答，有可能的錯誤回答是 - Сейчас 2015 год. – Сейчас 15 июля 2015 года. - Сейчас 10 часов 20 минут. 結果就是考生把время года拆開回答，沒有思考或意會出這是個詞組，是季節的意思，而分別答說今年的年份、完整的年月日，或是現在幾點，另人不解。閩南語有句俗語說：「看到黑影就開槍」，就是上述答非所問的最好寫照。所以，一定要仔細了解問題，給自己5秒鐘沉澱一下，然後從容地做答。如果聽完問題之後有疑慮，千萬不要害怕請老師再問一次！依據考試規則，老師問句只會說一次，但是我們相信，口試老師都是很好心的，應該會答應您的請求。

二、是Вы，還是ты？跟第一點一樣，重點還是在仔細聽問題。經驗告訴我們，很多考生在緊張的情況之下，把該用的人稱混淆，造成回答的錯誤，明明老師請你以路人角度回答，我們就應該使用敬語Вы，如果交談的角色是朋友（口試老師擔任朋友的角色），那就應該用ты。最多的情況是考生誤用ты為Вы，相反的情形較少，例如，口試老師問 - Марина, почему ты не была на занятиях вчера? 考生聽到自己的角色是Марина，而且是口試老師（對談者）的朋友（因為用人稱代名詞ты），所以如果需要稱呼對方的話，也該用ты，而不宜用Вы。一般來說，考生認為考試是與口試老師對談，而產生「先入為主」的觀念，所以較容易將Вы 代替ты。

三、動詞的時態及形式。一般來說，第一大題的題目中，動詞的時態算是簡單的，不會有故意要混淆考生的情形，但是考生要活用動詞的其它形式，例如命令式的使用。這一大題中常常會有問路或是如何到達某處之類的題型，回答的時候除了可用一般動詞形式，例如Вам можно идти прямо...，也可以用命令式Идите прямо...。所以，掌握命令式的用法對於在這大題的回答是非常有幫助的。

四、回答力求簡單明瞭。聽懂老師的題目之後，沉澱5秒鐘之後作答。選項力求簡單，動詞變位、名詞變格務求正確，切忌長篇大論、囉哩囉嗦，只要回答到問題的重點即可，這樣就可以得滿分。

五、除非是對答案非常有把握，所以除了簡單的回答之外，可以再做一些延伸。依照考試評分規則，如果考生的選項用詞豐富、句型多變，評分老師可酌予加分，但是切記，一定是要在非常有把握的狀況之下進行，以免弄巧成拙，多說多錯。

以下就來看看實際的簡單回答吧。

1 ● Я давно не видел вашего друга. Где он сейчас? Чем занимается?

● *Он сейчас учится в России в МГУ.*

2 ● Какой сувенир Вы хотите（хотели бы）привезти из России?

● *Я хочу привезти из России русскую водку.*

3 ● Извините, мне хочется посмотреть центр города. Это далеко? Как доехать отсюда до центра города?

● *Нет, это совсем недалеко. Вам лучше взять такси.*

4 ● Я хочу купить сувениры, но сегодня воскресенье. Скажите, пожалуйста, когда в воскресенье закрываются магазины в вашем городе?

● *В нашем городе магазины обычно закрываются в 10 часов.*

5 ● Скажите, пожалуйста, Вы не знаете, где здесь можно хорошо и недорого поужинать?

● *Да, конечно. На соседней улице есть дешёвый ресторан, в котором очень вкусно готовят.*

以下再提供幾個選項，其中有些方案有稍微延伸，請參考。

1 ● Он сейчас живёт и учится в другом городе, у него всё хорошо.

● Он нашел новую работу и теперь всегда очень занят.

● Рада, что Вы его помните. Он сейчас в России, учится в МГУ. Вернется на Тайвань через год.

2 ● Я бы купил в России Чебурашку и матрёшек.
● Я хотел бы привезти из России русский национальный костюм и матрёшек.
● Я слышала, что многие хвалят русский шоколад. Кроме него, я купила бы книги о России и расписные деревянные ложки.

3 ● Это недалеко. Вам нужно доехать на метро до станции «Синь-и».
● Вы можете добраться до центра города на метро. Это недалеко, примерно, 10 минут.
● До центра города можно доехать на метро без пересадки, это совсем близко, за 10 минут доедете.

4 ● По воскресеньям магазины работают до 9 часов вечера.
● Обычно магазины закрываются в 10 вечера.
● В выходные дни магазины в нашем городе работают допоздна.

5 ● Здесь недалеко есть замечательный итальянский ресторан, там вкусно и недорого кормят.
● Вы можете поужинать в тайском ресторане около метро, там вкусно готовят и там недорого.
● Я бы Вам посоветовала недорогой ресторан китайской кухни на Невском проспекте.

第二大題

第2大題也是共有5小題，答題時間至多8分鐘。答題是以對話形式進行，並無準備時間，第一大題與第二大題不同之處在於，第一大題是老師問問題，考生回答，而第二大題則是由口試老師說出對話的背景（場景），由考生首先發言、首先展開對話（口試老師不需就您的發言做任何回答）。

6 Вам не нравится Ваша комната в гостинице. Вы хотите поменять её. Объясните администратору, какую комнату Вы хотите получить и почему.

7 Ваш русский друг собирается поехать в Вашу страну зимой. Расскажите ему о погоде в Вашей стране в это время года. Посоветуйте, какую одежду нужно взять с собой.

8 Вы хотите поехать в Россию. Вы пришли в посольство, чтобы получить визу. Обратитесь к работнику посольства и объясните, в какой город и с какой целью Вы хотите поехать.

9 Вы прочитали книгу, которая Вам очень понравилась. Посоветуйте своему другу прочитать её и объясните, почему.

10 Вы хотите поехать на экскурсию, и пришли в туристическое бюро. Объясните, куда Вы хотите поехать, узнайте обо всём, что Вас интересует（вид транспорта, время и продолжительность поездки, условия проживания, стоимость экскурсии）.

6 您不喜歡您旅館的房間，所以想換間房間。請跟櫃台人員解釋為什麼您想換房間以及您想換甚麼樣的房間。

7 您的俄國朋友打算冬天到您的國家去玩。請跟朋友說說您國家在這段時間的天氣如何，建議他要帶些甚麼衣服。

8 您想到俄羅斯去，您來到了大使館想申請簽證。請向使館的工作人員說明您想去的城市與旅行的目的。

9 您讀了一本書，讀後非常喜歡，請建議您的朋友也讀這本書，並說明原因。

10 您想去旅行，於是來到了一間旅行社。請說明您想去哪裡，問一些您有興趣的問題（旅行的交通、旅行時間、住宿條件、旅遊價錢）。

【第二大題答題技巧】

本大題要比第一大題的題目較為複雜，因為第一大題的題目為問答方式，考生只需要依據提示（問題）回答即可，而本大題的題目為實際對話之背景，雖然題目中也是有提示考生的地方，可依據提示作答，然而創作性較高，相對來說，較為困難。所以，掌握答題技巧更顯得重要。

一、確實聽懂問題。唯有聽懂問題，才能正確回答。如果真的沒有百分之百的把握，請口試老師再說一次題目，但是盡量避免每一題都請老師重覆問題，這會引起老師的反感，畢竟，依照考試規則，一級的口說題目老師只會問一次的。

二、聽懂題目之後，盡量迎合題目內容發揮選項。例如第六題需要我們換房間，我們就可以利用題目中的句型，只要把人稱換成「我」即可：*Мне не нравится моя комната. Я хочу поменять её.* 這兩句已經是答案的80%了，只需要再加上問候語及換房間的理由即可。又如第七題，您的朋友要去…，所以我們就利用原來句型，把人換成「你」（我的朋友）即可：Я знаю, что *ты собираешься поехать на Тайвань зимой...*，之後題目要我們「建議」（посоветуйте）、「帶」衣服，那我們就利用它的提示，實際就使用「建議」及「帶」兩個動詞：Я *советую тебе взять с собой...*，之後再加上問候語及要帶的衣服即可。

三、是Вы，還是ты？考生在緊張的心理狀態下，明明聽到的是ваш друг「您的朋友」，卻還是稱朋友為「Вы」，造成對話禮儀的錯誤，必須扣分。所以，一定要聽清楚，題目中的背景需要我們對談的對象是誰，是Вы，還是ты，務必要清楚掌握。

四、問候語的重點。在俄語的對談中，問候語是個必要的元素，這是我們說中文的人所欠缺的文化，建議大家一定要慢慢地養成說問候語的習慣。問候語與對談對想有密不可分的關係，如果對方是Вы，那麼我們不妨以Добрый день!，Здравствуйте!，Простите, пожалуйста...， Извините, пожалуйста...，或是Скажите, пожалуйста...，Вы не скажите...做為問候語（召喚語）；如果對方是ты，選項也是很多，例如：Привет, Инна!，Здравствуй, Антон!，Слушай Марина!，Иван, ты（не）знаешь...，Антон, скажи, пожалуйста,... 等等做為開頭的問候語（召喚語）。

五、盡量避免不必要的回答。只需依據提示做答，避免長篇大論，多說多錯！

以下就來看看實際的簡單回答吧。

6 ● Здравствуйте! Мне не нравится моя комната. Она очень маленькая. Я хочу поменять её.

7 ● Привет, Антон! Я знаю, что ты собираешься поехать на Тайване зимой. Я советую тебе взять с собой тёплую одежду, так как зимой на Тайване холодно.

8 ● Здравствуйте! Летом я поеду в Санкт-Петербург, и буду учиться в СПбГУ. Могу ли я оформить студенческую визу?

9 ● Привет, Марина! Вчера я прочитал книгу об истории Тайваня. Очень интересная книга. Я советую тебе тоже прочитать её.

10 ● Добрый день! Я бы хотел получить информацию об экскурсии в Тайнань. Скажите, пожалуйста, какой транспорт будет на этой экскурсии? Сколько по времени продолжается эта экскурсия? Сколько стоит эта экскурсия?

以下再提供幾個答案，其中有些方案有稍微延伸，請參考。

1 ● Здравствуйте! Я хочу поменять комнату, так как мне не нравится вид из окна.

● Здравствуйте! Я хочу поменять комнату, так как в комнате слишком темно.

● Извините, пожалуйста, я хотел бы поменять свою комнату на комнату с видом на море.

● Извините, пожалуйста, я хочу поменять мою комнату. В соседнем номере живут молодые люди, они часто шумят и мешают мне спать.

2 ● Здравствуй, Антон! На Тайване зимой часто идут дожди. Тебе обязательно надо взять зонт и дополнительную пару обуви.

● Привет, Антон! Зимой на Тайване не очень холодно, но часто идут дожди, влажно, возьми с собой теплую куртку, шарф, осеннюю обувь.

● Привет, Антон! Тебе понадобится тёплая куртка, шарф, зонт, кроссовки или туфли. Зимой прохладно, идут дожди, и часто бывает холодный ветер.

3 ● Здравствуйте! Я хотела бы оформить студенческую визу, я еду в Россию на стажировку в МГУ, все необходимые документы имеются.

● Здравствуйте! Я хотел бы поехать учиться в Новосибирск, мне нужна учебная виза сроком на один год.

● Здравствуйте! С сентября я собираюсь учиться в Санкт-Петербурге. Мне нужна студенческая виза на полгода.

4 ● Привет, Иван! Недавно я прочитала книгу о культуре аборигенных народов Тайваня. Если у тебя будет время, обязательно прочти её, поскольку она даёт возможность познакомиться с историей нашего острова.

● Привет, Иван! Я только что прочитал книгу стихов молодого поэта Веры Полозковой, её стихи мне очень понравились. Она пишет о молодых и для молодых. Если ты интересуешься современной поэзией, обязательно прочитай эту книгу.

5 ● Добрый день! Помогите мне, пожалуйста, с выбором экскурсии. Я хотела бы осмотреть основные достопримечательности Москвы. Какой транспорт вы предоставляете: автобус или машину? Сколько по времени длится эта экскурсия? Что входит в стоимость экскурсии, включена ли в неё стоимость обеда?

● Здравствуйте, я хотел бы поехать на экскурсию в Москву. Скажите, пожалуйста, могу ли я заказать у вас экскурсию по городу, экскурсию в Кремль, также мне нужен номер в гостинице на 2 дня. Сколько будут стоить экскурсии и, как я могу добраться до Москвы из Петербурга?

第三大題、第四大題

第三大題的準備時間為15分鐘、答題時間為10分鐘，第四大題的準備時間為10分鐘、答題時間也為10分鐘，準備時可以使用詞典。

第三大題與第四大題是一起準備的，而加起來的準備時間共有25分鐘。在短短的25分鐘之內要完成這兩大題，是一件非常不容易的事情，就像「寫作」一樣，要在非常有限的時間內達到可以通過考試的標準，實在是一件難事。

綜觀第三大題與第四大題，它們的題型非常接近「寫作」的兩個題目。第三大題是需要閱讀一篇文章之後，首先要述說文章的大概內容，然後回答兩個問題。而第四大題也是類似需要寫一篇家書的性質，內容比較生活化。基本上，這兩大題不同於「寫作」測驗的是，它們必須以口語形式闡述，所以難度更甚於「寫作」測驗。所以我們就更必須要有一套答題技巧，至少能答到測驗的最低標準，安全通過考試。

我們建議考生先做第四題。第四題要求我們依照題目準備一篇敘述，我們可以將敘述內容寫在試場供應的草稿紙上，但是要記住，在真正考試的時候，考生雖然可以帶著草稿紙應考，但不宜在回答的全程盯著草稿唸，基本上，這樣是不被允許的，口試老師也或許會不贊同這種做法。所以我們建議，考生要盡全力將草稿完成，如果可能，在有限的時間內最好是寫出完整的敘述，以免忘記當時草稿的內容，而在回答的時候，先大膽地按草稿唸著剛寫的內容，但是一定要記得，眼睛一定要偶而看看口試老師，讓老師感覺你不是在完全按照草稿唸，如果老師制止，那麼就暫時不要再看著草稿回答，等到經過一小段時間之後，再看草稿回答。

上面提過，第3大題與第4大題加起來的準備時間只有25分鐘，而第三大題的內容頗多，所需準備時間相對較長，所以我們建議第四大題的準備時間至多6至7分鐘：看題目30秒、做答5分30秒至6分鐘30秒。

【第四題答題技巧】

1. 快速看懂題目。
2. 快速掃描題目的大綱（回答要求之內容）。
3. 開頭先「噓寒問暖」一番，以增加篇幅。
4. 附和大綱快速書寫回答。也就是說，多多利用大綱內的單詞、詞組與句型來造句，減輕自己創作的負擔。
5. 如果可以，答案盡量用完整句子呈現，以利考試時回答，若是因時間限制而無法快速書寫，也一定要用自己可以理解的方式做答案的筆記，避免考試時忘記自己的答案。

以下就以本版本之題目示範答題要點。

В гостях Вы познакомились с молодыми людьми, которые рассказали Вам, как они с друзьями проводят свободное время. Расскажите и Вы о своих интересах, увлечениях, о том, как Вы проводите свободное время.

Вы можете рассказать:

- где Вы учитесь（работаете）, остаётся ли у Вас свободное время после учёбы（работы）;
- чем Вы интересуетесь, как, когда и почему появился у Вас этот интерес;
- что Вы любите делать в свободное время;
- как Вы предпочитаете отдыхать（дома, за городом, в кафе, на дискотеке и т.д.）;
- любите ли Вы театр, живопись, музыку, танцы, компьютерные игры и т.д.

В Вашем рассказе должно быть не менее 20 фраз.

作客時您認識了一群年輕人，他們跟您敘述他們如何跟朋友們一同打發空閒時間。現在您也跟他們說說您的興趣、喜好以及如何渡過空閒時間。您可以說說：

- 您在哪唸書（工作）？唸書（工作）之餘是否有空閒時間？
- 您對甚麼有興趣？您是如何、何時及為什麼產生了這項興趣？
- 您空閒的時候喜歡做甚麼？
- 您比較偏好何種休閒活動（在家、去郊外、上館子、去跳舞或其他）？
- 您喜歡看劇、寫生畫、音樂、舞蹈、電腦遊戲嗎？

您的敘述不得少於20個句子。

起頭：

Здравствуйте! Я учусь в Тамканском университете на факультете русского языка. В этом году я заканчиваю университет, поэтому большую часть времени провожу в библиотеке.

本文：

У меня сейчас нет так много свободного времени, к сожалению, но я стараюсь проводить его с пользой. Поскольку я интересуюсь иностранными языками, стараюсь читать больше иностранной литературы. Каждый день учу новые слова. Я стал увлекаться языками после поездки в Европу, там я познакомился с ребятами из разных стран. Сейчас я учу русский и французский языки. Мне кажется, что эти языки очень красивые.

Я предпочитаю активный отдых. Поэтому в свободное время мы с друзьями выезжаем на природу. Там мы делаем шашлыки, поём песни, играем в волейбол. Мне кажется, что отдых на природе намного интереснее посещений кафе и дискотек. Хотя иногда и там надо бывать. Ещё мне очень нравится театр. Я иногда хожу на спектакли или на концерты.

結尾：

Надеюсь, что после окончания работы над дипломом я смогу заниматься своими любимыми делами больше времени. А давайте когда-нибудь соберемся и поедем на природу вместе!

以下再提供1篇答案，請參考。

Здравствуйте! Я студентка 4 -го курса исторического факультета. Учеба не занимает у меня много времени, поэтому я даю частные уроки школьникам. Помогаю им делать домашние задания, готовлю их к школьным экзаменам, помогаю писать сочинения.

Еще я веду блог в одном женском журнале. Пишу о студенческой жизни, о людях, с которыми встречаюсь в жизни. С детства я занимаюсь танцами, хожу на занятия раз в неделю по четвергам. Сейчас я учусь танцевать танго. Это очень интересный, драмматический танец. Я учусь танцевать для себя, не люблю участвовать в концертах и в танцевальных конкурсах, танцы заменяют мне спорт.

Я не очень общительная, у меня не много друзей, есть только одна близкая подруга, мы вместе с ней учимся и иногда вместе ездим путешествовать. В прошлом году летом мы с ней ездили в Испанию, следующим летом планируем поехать в Таиланд.

Скоро я окончу университет, поэтому мне нужно уже сейчас решить, хочу ли я продолжать учебу или я буду работать.

【第三大題】

第三大題是一篇文章，文章內容敘述著名的畫家伊・葛拉巴里與偉大的俄羅斯作曲家彼得・伊里伊奇・柴可夫斯基一次見面的故事。考生必須讀完之後，簡單的敘述文章內容，並要回答2個題目。

依照先前提過的答題時間，第三大題與第四大題加起來的準備時間只有25分鐘，如果我們在非常簡短但迅速的6分鐘內做完了第四大題，所以還有19分鐘來準備及完成第三題，看似時間充裕，然而第三題的內容多，所需準備時間相對較長，如何在19分鐘內做完本題，實在是一件不容易的事。

【第三題答題技巧】

1. 快速看懂題目。
2. 將開頭第一段及最後一段全數抄下當成筆記。
3. 接著將每一段的第一句及最後一句抄下當成筆記。如果該段多於5行，建議將中間部分也抄寫一句。
4. 問答的部分也要抄，等到最後再整理。
5. 將所有抄下來的內容以作者本身的人稱，也就是第三人稱來做修改。
6. 如果時間允許，將已經修改完成的筆記從頭到尾看過一遍，若有不通順的地方，依照文章順序回到文章中找到可以利用的語句並加入筆記，使其通順合理，如無時間，則省掉此步驟。
7. 抄了多少，就回答多少，即使你不是很懂你所抄的內容為何，不要不好意思開口回答。切記，有說就有分數，如果你保持沉默，口試老師是不會給你分數的，你努力的說俄文，就有希望過關。
8. 最後根據題目找到筆記中的答案，以便從容回答。

Задание 3（позиции 11, 12）. Прочитайте рассказ известного художника И. Грабаря о его встрече с великим русским композитором Петром Ильичём Чайковским. Кратко передайте его содержание.

ВСТРЕЧА С П.И. ЧАЙКОВСКИМ

Я хочу рассказать, как одна встреча с великим человеком сыграла огромную роль в моей жизни.

Когда мне было восемнадцать лет, я приехал в Петербург и поступил учиться в университет. Я всегда очень любил музыку. Моим любимым композитором был Пётр Ильич Чайковский. Поэтому в свободное время я часто ходил в оперный театр и с удовольствием слушал все оперы Чайковского, смотрел его балеты.

Однажды мои друзья пригласили меня в гости в одну семью. Хозяйка этого дома была прекрасной певицей и часто выступала на концертах. Я с удовольствием пошёл к ним. Это был для меня счастливый вечер, потому что в тот вечер к ним в гости пришёл Пётр Ильич Чайковский. Хозяйка дома пела арии из его опер. Петру Ильичу понравилось её пение. Чайковский говорил очень мягко и просто, все внимательно слушали его. Начался интересный разговор о музыке, о литературе, об искусстве.

Поздно вечером мы вместе с Чайковским вышли из дома, и он спросил, где я живу. Узнав, что живу недалеко от его дома, он предложил мне пойти пешком. Я был счастлив, ведь я не только познакомился с великим композитором, но и мог поговорить с ним во время нашей прогулки.

Мы пошли по набережной реки Невы. Была прекрасная лунная ночь. Сначала мы шли молча. Потом Пётр Ильич спросил меня:

- Я слышал, что Вы хотите стать художником. Это правда?
- Да, - ответил я.

Мы помолчали, а потом я спросил его:

- Пётр Ильич, говорят, что гении создают свои произведения, пишут музыку, картины только в те минуты, когда они работают легко и свободно, как будто кто-то помогает им. В общем, когда к ним приходит вдохновение. Что Вы думаете об этом?

- Ах, молодой человек, не говорите глупости! Нельзя ждать вдохновения, нужен прежде всего труд, труд и труд! Нужно не ждать вдохновения, а серьёзно работать, трудиться каждый день. Помните, молодой человек, одного вдохновения мало, даже гений или очень талантливый человек ничего не добьётся в жизни, не сделает ничего замечательного, если не будет трудиться. Я, например, считаю, что я самый обыкновенный человек.

Я не согласился с ним и хотел поспорить, но он остановил меня и продолжил:

- Нет, нет, не спорьте, я знаю, что говорю. Советую Вам, молодой человек, запомнить на всю жизнь, что вдохновение приходит только к тому человеку, который серьёзно и много работает, вдохновение рождается только из труда и во время труда. Я каждое утро в 8 или 9 часов начинаю работать и пишу музыку.

Если мне не нравится, что я написал сегодня, завтра я буду делать эту же работу, буду писать всё сначала. Так я пишу день, два, десять дней. Вы сможете сделать больше и лучше, чем талантливые, но ленивые люди.

● Значит, Вы думаете, что нет абсолютно неталантливых, неспособных людей?
● Я думаю, что таких людей не так много. Но есть очень много людей, которые не хотят или не умеют работать, и тогда они говорят, что у них сегодня нет вдохновения.

Когда мы остановились около дома, где жил Чайковский, я решил задать ему ещё один вопрос, который очень волновал меня.

● Я согласен с Вами, Пётр Ильич. Очень хорошо работать для себя и по своему желанию. Но что делать, если приходится то, что ты должен, работать по заказу? Если ты пишешь то, что тебе заказали и за что ты получаешь деньги?

Я задал этот вопрос, потому что думал о себе, о своих картинах, которые тогда писал только по заказу.

Ну что ж, я сам часто работаю по заказу. И это очень неплохо, иногда результат бывает даже лучше, чем когда работаешь по своему желанию. А вспомните великого Моцарта. Он часто писал музыку по заказу. Или таких художников, как Микеланджело, Рафаэль... Они тоже писали по заказу, - ответил Чайковский.

Мы попрощались. Чайковский ушёл. Я пошёл домой. Я шёл и думал о том, что сказал мне Чайковский. Слова Петра Ильича помогли мне найти путь в жизни.

11 Как Вы думаете, какую роль сыграла встреча с Чайковским в жизни молодого художника?

12 Согласны ли Вы со словами П.И. Чайковского? Почему?

第三大題（問題11、12）。讀完著名的畫家伊・葛拉巴里敘述與偉大的俄羅斯作曲家彼得・伊里伊奇・柴可夫斯基有一次見面的故事。簡單的重述文章內容。

【翻譯】

我想談談有一次我與一位偉大人物的見面，而這次見面如何在我的人生中扮演了重要的角色。

我18歲的時候來到聖彼得堡，並考上大學，我一直非常喜歡音樂，我最喜歡的作曲家是彼得・伊里伊奇・柴可夫斯基，所以我閒暇時常常去歌劇廳開心地聽所有柴可夫斯基的歌劇、看他的芭蕾。

有一次，我的朋友邀請我去一個家庭作客。這個家庭的女主人是個傑出的歌星，她常常在音樂會上演出。我開心地前往作客。對我來說這是一個開心的夜晚，因為當晚來作客的還有彼得・伊里伊奇・柴可夫斯基。女主人唱了幾首他歌劇中的詠嘆調，彼得・伊里伊奇覺得她唱得很好。柴可夫斯基談話非常溫柔且直白，所有的人都專心地聽著他說。於是展開了有關音樂、文學、藝術的對話。

夜深了，我跟柴可夫斯基步出了作客的家中，之後他問我我住哪。在得知我住的離他家不遠時，他向我提議步行回家。我真幸運，我不僅僅認識了偉大的作曲家，還能跟他在回家的路上聊聊。

我們沿著涅瓦河畔走，月夜真是美極了。剛開始我們靜靜地走，然後彼得・伊里伊奇問我說：

「我聽說您想當一位畫家，是真的嗎？」

我回答說：「是的。」

我們又是一陣沉寂，之後我問他說：

「彼得・伊里伊奇，人們說，天才只會在當他們輕鬆地、自由地工作時創作出作品、寫出音樂、畫畫，就彷彿有人在幫助他們似的，總之，就是當他們有靈感的時候。您認為這種說法如何？」

「唉，年輕人啊，不要說傻話啊！靈感不能等，最重要的是勞動、勞動、再勞動！必要的不是等靈感，而是認真地工作、每天勞動。你要記住啊，年輕人，單憑靈感是不行的，就算是天才或是很有天分的人，如果他不勞動，他在他的生命中是無法成功的，也不會有甚麼重要的成就。我呢，就認為自己是個最平凡的人。

我不同意他說的，於是想爭辯，但是他打斷了我，並且繼續說：

「不，不，無需爭辯，我知道我在說甚麼。我建議您，年輕人，一輩子要記住，靈感會去找認真且努力工作的人，靈感由勞動本身而生、從勞動的過程中出現。我每天8點或9點開始工作、創作音樂。如果我不喜歡我今天所寫的東西，明天我還是會做同樣的工作，從頭再寫，我就這樣寫一天、兩天、十天。您可以做的比有才華的、但是是懶惰的人更多且更好。

「也就是說，您認為世上沒有完全沒有才華、完全沒有才能的人？」

「我認為，那樣的人不多，但是倒是有很多人不想或是不會工作，他們會說，他們今天沒有靈感。」

當我們駐足在柴可夫斯基的家附近時，我決定再問他一個非常困擾我的問題。

「彼得・伊里伊奇，我贊同您說的，為自己以及按照自己的意願工作是件非常好的事情，但是如果非得寫你所必須寫的、必須接訂單工作，又如果是接訂單寫作，而且還有酬勞可拿時，那又該怎麼辦呢？」

我之所以問這個問題是因為我想到自己、想到自己以前只接訂單所畫的畫作。

柴可夫斯基回答說：「嗯，我自己常常接單創作，這是件非常好的事，有時候結果甚至要比按照自己意願創作的作品來得好。想想偉大的莫札特，他就是常常接單創作，或是像米開蘭基羅、拉斐爾那樣的畫家，他們也曾接單創作。」

我們向彼此道別，柴可夫斯基走了，我也回家。我邊走邊想著柴可夫斯基對我說的話。彼得・伊里伊奇的一番話幫我找到了人生的道路。

11 您認為與柴可夫斯基見面在年輕畫家的生命中所扮演的角色為何？

12 您同意彼得・伊里伊奇・柴可夫斯基的一番話嗎？為什麼？

以下就以本版本之題目示範「抄寫」。

第一段：Я хочу рассказать, как одна встреча с великим человеком сыграла огромную роль в моей жизни.

第二段：Когда мне было восемнадцать лет, я приехал в Петербург и поступил учиться в университет. Поэтому в свободное время я часто ходил в оперный театр и с удовольствием слушал все оперы Чайковского, смотрел его балеты.

第三段：Однажды мои друзья пригласили меня в гости в одну семью. Это был для меня счастливый вечер, потому что в тот вечер к ним в гости пришёл Пётр Ильич Чайковский. Начался интересный разговор о музыке, о литературе, об искусстве.

第四段：Поздно вечером мы вместе с Чайковским вышли из дома, и он спросил, где я живу. Я был счастлив, ведь я не только познакомился с великим композитором, но и мог поговорить с ним во время нашей прогулки.

對話：● Пётр Ильич, говорят, что гении создают свои произведения, пишут музыку, картины только в те минуты, когда они работают легко и свободно, как будто кто-то помогает им. Что Вы думаете об этом?

對話：● Ах, молодой человек, не говорите глупости! Нужно не ждать вдохновения, а серьёзно работать, трудиться каждый день. Я, например, считаю, что я самый обыкновенный человек.

連結：Я не согласился с ним и хотел поспорить, но он остановил меня и продолжил:

對話：● Нет, нет, не спорьте, я знаю, что говорю. ... что вдохновение приходит только к тому человеку, который серьёзно и много работает, вдохновение рождается только из труда и во время труда. Вы сможете сделать больше и лучше, чем талантливые, но ленивые люди.

Когда мы остановились около дома, где жил Чайковский, я решил задать ему ещё один вопрос, который очень волновал меня.

對話：● Я согласен с Вами, Пётр Ильич. Очень хорошо работать для себя и по своему желанию. Если ты пишешь то, что тебе заказали и за что ты получаешь деньги?

對話：Ну что ж, я сам часто работаю по заказу, - ответил Чайковский. Они тоже писали по заказу.

最後一段：Мы попрощались. Чайковский ушёл. Я пошёл домой. Я шёл и думал о том, что сказал мне Чайковский. Слова Петра Ильича помогли мне найти путь в жизни.

抄寫完畢，接著把人稱及句子的聯結修改一下，變成一篇文章：

第一段的Я хочу рассказать,誰是я，沒人知道，所以要改寫，將題目中提到的主角名字借過來做為一個好的起頭：*Известный художник Грабарь рассказывал*, как одна встреча с великим человеком сыграла огромную роль в его жизни.

Когда *ему* было восемнадцать лет, *он* приехал в Петербург и поступил учиться в университет. Поэтому... 沒有因果關係，所以我們把поэтому去掉：*В* свободное время *он* часто ходил в оперный театр и с удовольствием слушал все оперы Чайковского, смотрел его балеты.

Однажды *его* друзья пригласили *его* в гости в одну семью. Это был для *него* счастливый вечер, потому что в тот вечер к ним в гости пришёл Пётр Ильич Чайковский. Начался интересный разговор о музыке, о литературе, об искусстве.

Поздно вечером *они* вместе с Чайковским вышли из дома, и *Чайковский* спросил, где он *живёт*. Он был счастлив, ведь *он* не только познакомился с великим композитором, но и мог поговорить с ним во время их прогулки.

接下來的對話無關痛癢，建議不需抄寫。之後的對話是直接句，我們改為間接句，利用句型：*Он сказал, что ..., Он думает, что ...*等等。

- Пётр Ильич, говорят, что ... Пётр Ильич是召喚語，可省略，另外говорят是插入語，無關重點，所以也可省略：*Он сказал, что* гении создают свои произведения, пишут музыку, картины только в те минуты, когда они работают легко и свободно, как будто кто-то помогает им. Что Вы думаете об этом? 也是直接句，我們可以簡單改造一番：*И он хотел спросить у Чайковского мнения?*

- Ах, молодой человек, не говорите глупости! 召喚語＋直接句，與本句重點無關，可省略：*Чайковский сказал, что* нужно не ждать вдохновения, а серьёзно работать, трудиться каждый день. *Чайковский сам считает, что* он самый обыкновенный человек.

Я не согласился с ним и хотел поспорить, но он остановил меня и продолжил: - Нет, нет, не спорьте, я знаю, что говорю. ... 主詞改寫之外，句子也需要做一點修飾：*Грабарь* не согласился с ним и хотел поспорить. Но *Чайковский* остановил *художника* и *сказал, что он знает*, что *он говорит. И что* вдохновение приходит только к тому человеку, который серьёзно и много работает, вдохновение рождается только из труда и во время труда. 本段最後一句主詞*Вы*對象明確是指*Грабарь*，但是依照句意不妨改寫為「所有的人」：

Все могут делать больше и лучше, чем талантливые, но ленивые люди.

Когда *они* остановились около дома, где жил Чайковский, *он* решил задать ему ещё один вопрос, который очень волновал *его*.

Он сказал, что он согласен с *Чайковским. Он думает, что* очень хорошо работать для себя и по своему желанию. Но если ты пишешь то, что тебе заказали и за что ты получаешь деньги? 根據句意及上下文改寫為：*И считает, что работать по заказу – это не хорошо.*

Чайковский ответил, что *он* сам часто *работал* по заказу. Они тоже писали по заказу. 在此，Они所指之人不明，所以要往前找主詞，了解為Микеланджело, Рафаэль等名人之後，即可改寫：*И многие известные художники тоже работали по заказу.*

Они попрощались. Чайковский ушёл. *Он* пошёл домой. *Он* шёл и думал о том, что сказал *ему* Чайковский. Слова Петра Ильича помогли *ему* найти путь в жизни.

經過整理之後，整篇文章的筆記如下：

Известный художник Грабарь рассказывал, как одна встреча с великим человеком сыграла огромную роль в *его* жизни.

Когда *ему* было восемнадцать лет, *он* приехал в Петербург и поступил учиться в университет. *В* свободное время *он* часто ходил в оперный театр и с удовольствием слушал все оперы Чайковского, смотрел его балеты.

Однажды *его* друзья пригласили *его* в гости в одну семью. Это был для *него* счастливый вечер, потому что в тот вечер к ним в гости пришёл Пётр Ильич Чайковский. Начался интересный разговор о музыке, о литературе, об искусстве.

Поздно вечером *они* вместе с *Чайковским* вышли из дома, и Чайковский спросил, где *он живёт. Он* был счастлив, ведь *он* не только познакомился с великим композитором, но и мог поговорить с ним во время *их* прогулки.

Он сказал, что гении создают свои произведения, пишут музыку, картины только в те минуты, когда они работают легко и свободно, как будто кто-то помогает им. *И он хотел спросить у Чайковского мнение?*

Чайковский сказал, что нужно не ждать вдохновения, а серьёзно работать, трудиться каждый день. *Чайковский сам считает,* что *он* самый обыкновенный человек.

Грабарь не согласился с ним и хотел поспорить, но он остановил *художника* и продолжил:

Чайковский сказал, что он знает, что *он говорит. И что* вдохновение приходит только к тому человеку, который серьёзно и много работает, вдохновение рождается только из труда и во время труда. *Все могут делать* больше и лучше, чем талантливые, но ленивые люди.

Когда *они* остановились около дома, где жил Чайковский, *он* решил задать ему ещё один вопрос, который очень волновал *его.*

Он сказал, что он согласен с *Чайковским. Он думает, что* очень хорошо работать для себя и по своему желанию. *И считает, что работать по заказу – это не хорошо.*

Чайковский ответил что, он сам часто *работает* по заказу. *И многие известные художники тоже работали по заказу.*

Они попрощались. Чайковский ушёл. *Он* пошёл домой. *Он* шёл и думал о том, что сказал *ему* Чайковский. Слова Петра Ильича помогли *ему* найти путь в жизни.

經過抄寫及整裡之後，我們發現，除了可以簡單重述文章內容之外，第11題及12題也可以輕鬆解答：

11 Я думаю, что *встреча с Чайковским в жизни молодого художника сыграла* большую *роль*. Его *слова помогли ему найти путь в жизни.* 由此可看出，我們可輕鬆利用文章的內容剪輯為答案。

12 Я согласен со словами П.И. Чайковского. Потому что я тоже думаю, *что вдохновение приходит только к тому человеку, который серьёзно и много работает, вдохновение рождается только из труда и во время труда.* 與寫作一樣，當題目問我們意見的時候，最好方式就是贊同故事主角的說法，因為我們可以借主角的說詞變為我們自己的理由，而口試老師是無法挑剔這種做法的。

以下再提供兩個範本，請參考。

範例一

В данном тексте известный художник И. Грабарь делится своими воспоминаниями о встрече с великим композитором П.И. Чайковским. Грабарь рассказывает, что он в студенческие годы увлекался музыкой, театром и балетом. Особенно любил оперы Чайковского.

Однажды в гостях начинающий художник имел счастливый шанс познакомиться с композитором лично. И. Грабарю запомнился тот интересный вечер не только разговорами об искусстве и музыке, но и вечерней прогулкой и П.И. Чайковским по дороге домой.

Молодой тогда И. Грабарь полагал, что все гениальные люди творят только по вдохновению, и спросил композитора, что тот думает на этот счет. П.И. Чайковский убедил начинающего художника, что в большинстве случаев таланта недостаточно, трудолюбие и ежедневный труд гораздо важнее. И я с этим согласен.

11 Данная встреча оказала на художника большое влияние. Думаю, что слова великого мастера определили творческую судьбу и подход к работе И. Грабаря.

12 Я согласен, поскольку одаренных людей в мире много, но только трудолюбивым и упорным удаётся развить свой талант.

範例二

Молодой художник приехал учиться в Петербург. Он очень любил музыку и часто ходил в оперный театр слушать оперы Петра Ильича Чайковского.

Однажды его пригласили в гости друзья. Молодой художник с удовольствием пошёл в гости. Он был счастлив, потому что в гости пришёл Чайковский. Молодой художник был очень рад познакомиться с самим Чайковским.

Поздно вечером молодой человек вместе с Чайковским пешком пошли домой. Чайковский спросил молодого человека, правда ли тот хочет стать художником. Молодой человек ответил, что это правда. Потом студент сказал, что гении создают свои произведения только в те минуты, когда к ним приходит вдохновение, и спросил Чайковского, что тот думает об этом. На это Чайковский сказал, что это глупости, нельзя ждать вдохновения, нужно трудиться каждый день. Студент хотел поспорить с композитором, но Чайковский сказал, что вдохновение приходит только к тому человеку, который серьёзно и много работает.

Молодой человек спросил Чайковского, что нет совсем неталантливых неспособных людей, что об этом думает композитор. Тот ответил, что таких людей мало, но есть, которые не любят и не хотят работать.

Когда они подошли к дому Чайковского, студент спросил, что делать, если приходится работать по заказу, за деньги. Чайковский ответил, он сам часто пишет музыку по заказу и иногда результат бывает даже лучше, чем когда он работает по своему желанию.

Модой человек долго думал о том, что сказал ему великий композитор. Его слова помогли молодому художнику найти свой путь в жизни.

11 Встреча с Чайковским сыграла огромную роль в жизни молодого художника. Слова композитора о том, что надо много трудиться и не ждать вдохновения, помогли художнику найти свой путь в жизни.

12 Я согласна с мнением П.И. Чайковского, чтобы добиться в любом виде деятельности каких-то результатов необходимо много работать.

附錄一：2015年新版俄語檢定證書

（俄羅斯國立人民友誼大學核發）

РОССИЙСКАЯ ФЕДЕРАЦИЯ
СЕРТИФИКАТ
О ПРОХОЖДЕНИИ ГОСУДАРСТВЕННОГО ТЕСТИРОВАНИЯ ПО РУССКОМУ ЯЗЫКУ
002400027285
Город
МОСКВА
Настоящий сертификат удостоверяет, что
ЦАЙ
TSAI
владеет русским языком на уровне
«ПЕРВЫЙ (ТРКИ-I/B1)»
Тест проведен
РУДН
Дата выдачи
19.01.2015 г.
Срок действия
БЕССРОЧНО
Руководитель
ПРОРЕКТОР РУДН
А.В. ДОЛЖИКОВА
М.П.

附錄二：2015年新版俄語檢定成績單

Государственная система тестирования граждан зарубежных стран по русскому языку
Федеральное государственное автономное образовательное учреждение высшего образования
«Российский университет дружбы народов»

Головной центр тестирования граждан зарубежных стран по русскому языку (ГЦТРКИ)

РУССКИЙ ЯЗЫК КАК ИНОСТРАННЫЙ

Приложение к сертификату

№ 002400027285

выдано

ЦАЙ 

Китайская Республика
(страна)

По результатам тестирования в объёме уровня **«ПЕРВЫЙ (ТРКИ-I/B1)»**

Общий балл (в процентах) **80,0**

Результаты теста по разделам:

Раздел	Процент правильных ответов
1. Понимание содержания текстов при чтении	**70,0**
Владение письменной речью	**78,8**
Владение лексикой и грамматикой	**89,7**
Понимание содержания звучащей речи	**73,3**
Устное общение	**84,1**

Директор ГЦТРКИ
Ю.В. Чебан

«19» января 2015 г.

秀威經典 學語言2 PD0025

俄語能力檢定
模擬試題＋攻略・第一級

作　　者／張慶國
責任編輯／廖妘甄
圖文排版／賴英珍
封面設計／楊廣榕

出版策劃／秀威經典
發 行 人／宋政坤
法律顧問／毛國樑　律師
印製發行／秀威資訊科技股份有限公司
114台北市內湖區瑞光路76巷65號1樓
電話：+886-2-2796-3638　傳真：+886-2-2796-1377
http://www.showwe.com.tw
劃撥帳號／19563868　戶名：秀威資訊科技股份有限公司
讀者服務信箱：service@showwe.com.tw
展售門市／國家書店（松江門市）
104台北市中山區松江路209號1樓
電話：+886-2-2518-0207　傳真：+886-2-2518-0778
網路訂購／秀威網路書店：http://www.bodbooks.com.tw
國家網路書店：http://www.govbooks.com.tw

2015年10月　BOD一版　　ISBN：978-986-92097-0-0
定價：260元

讀者回函卡

感謝您購買本書，為提升服務品質，請填妥以下資料，將讀者回函卡直接寄回或傳真本公司，收到您的寶貴意見後，我們會收藏記錄及檢討，謝謝！
如您需要了解本公司最新出版書目、購書優惠或企劃活動，歡迎您上網查詢或下載相關資料：http:// www.showwe.com.tw

您購買的書名：＿＿＿＿＿＿＿＿＿＿＿＿＿＿＿＿＿＿＿＿

出生日期：＿＿＿＿年＿＿＿＿月＿＿＿＿日

學歷：□高中(含)以下　□大專　□研究所(含)以上

職業：□製造業　□金融業　□資訊業　□軍警　□傳播業　□自由業
　　　□服務業　□公務員　□教職　□學生　□家管　□其它＿＿＿

購書地點：□網路書店　□實體書店　□書展　□郵購　□贈閱　□其他

您從何得知本書的消息？

□網路書店　□實體書店　□網路搜尋　□電子報　□書訊　□雜誌
□傳播媒體　□親友推薦　□網站推薦　□部落格　□其他＿＿＿＿＿

您對本書的評價：(請填代號　1.非常滿意　2.滿意　3.尚可　4.再改進)

封面設計＿＿　版面編排＿＿　內容＿＿　文／譯筆＿＿　價格＿＿

讀完書後您覺得：

□很有收穫　□有收穫　□收穫不多　□沒收穫

對我們的建議：＿＿＿＿＿＿＿＿＿＿＿＿＿＿＿＿＿＿＿＿

＿＿＿＿＿＿＿＿＿＿＿＿＿＿＿＿＿＿＿＿＿＿＿＿＿＿

＿＿＿＿＿＿＿＿＿＿＿＿＿＿＿＿＿＿＿＿＿＿＿＿＿＿

＿＿＿＿＿＿＿＿＿＿＿＿＿＿＿＿＿＿＿＿＿＿＿＿＿＿

請貼
郵票

11466
台北市內湖區瑞光路 76 巷 65 號 1 樓

秀威資訊科技股份有限公司 收

BOD 數位出版事業部

（請沿線對折寄回，謝謝！）

姓　　名：____________ 年齡：______ 性別：□女　□男

郵遞區號：□□□□□

地　　址：________________________

聯絡電話：(日) ____________ (夜) ____________

E-mail：________________________